Mortel courroux
Une nouvelle enquête du duo Dorman-Duharec

Martine Lady Daigre

Mortel courroux
Une nouvelle enquête du duo Dorman-Duharec

Contacter l'auteur :
www. ladydaigre. jimdo.com

Trois dossiers pour deux crimes, éditions Books on Demand, 2 017
Lettres fatales, éditions Unicité, 2 017
La mort dans l'âme, éditions Books on Demand, 2 015
Une vie de chien, éditions Books on Demand, 2 015

© Martine Lady Daigre
Édition : BoD - Books on Demand
12/14 rond-point des Champs Elysées 75 008 Paris
Imprimé par BoD – Books on Demand, Norderstedt
ISBN : 9 782 322 080 908
Dépôt légal : 2e trimestre 2018

À mes lecteurs et lectrices

Ce livre est un roman.
Toute ressemblance avec des personnes, des noms propres, des lieux privés, des noms de firmes ou d'établissements, des situations existant ou ayant existé, ne saurait être que le fruit du hasard.

Mercredi 15 novembre

I

19 heures.

Le début de la semaine avait pourtant bien commencé au sein du couple, seulement voilà, après soixante heures de paroles roucoulantes, de phrases sucrées dégoulinantes de niaiseries murmurées dans le creux de l'oreille à la manière des soupirants épris d'amour, les altercations que s'envoyaient à la figure les deux tourtereaux avaient repris avec une force inhabituelle. Invariablement, le scénario démarrait lorsque le jour déclinait, de préférence un jour de pleine lune et ce soir était un jour fatidique : l'astéroïde était aussi rond qu'un ballon de football, caché derrière une accumulation impressionnante de nuages gris ne présageant rien de bon pour la soirée à venir.

Humeur changeante de la tigresse qui feule à l'approche du prédateur, en l'occurrence moi, pensa l'homme, ou alors elle a ses menstrues et dans ce cas il n'y aura pas de différence entre cet état émotionnel et ceux des cycles lunaires précédents, ou bien elle imite à la perfection le chef de meute hurleur, perdu sur son rocher, empli d'une fierté à la démesure notoire implorant l'écoute du clan. Quelle femme !

Perchée sur des escarpins à talons aiguilles en imprimé léopard qui accentuaient la hauteur de son un mètre soixante-dix-huit, Mademoiselle Anastasia Karsoukov, une fausse blonde trentenaire à la poitrine généreuse, aux mensurations 90-60-90, vociférait dans le cabinet du Docteur Karl Vandermeer, couvrant le grondement de l'orage qui tonnait au loin. La colère l'envahissait, seconde après seconde au rythme des éclairs zébrant le ciel noirâtre. L'homme avait la désagréable sensation que cette ire amplifiait à chaque fois que les ondes sonores émises par la gente dame atteignaient les murs et se cognaient entre elles dans un désordre total, qu'elles montaient vers le plafond et explosaient en touchant les spots allumés pour finir par redescendre en une pluie de notes fracassantes qui lui vrillaient les tympans. À ce rythme-là, le courroux de la belle atteindrait le paroxysme des aigus dans la portée qu'elle gueulait à tue-tête, en insistant lourdement sur les bémols et les dièses au grand dam des voisins. Elle n'avait rien à envier à la Callas. Soprano d'un jour. Soprano toujours.

Fait habituel : la jeune femme tournoyait en gesticulant dans une jolie robe vermillon qui moulait ses formes. À chaque tour qu'elle faisait, le tissu en crêpe remontait le long de ses cuisses en une sensualité extrême, dévoilant centimètre par centimètre son intimité. Si la scène s'était déroulée lors d'un mariage, nul doute que les invités masculins auraient braillé ensemble un « plus haut » avec le désir d'apercevoir la jarretière immaculée sauf, qu'ici, l'unique mâle présent dans la pièce devrait se contenter de la vision d'un bout de dentelle noire solidement arrimé au porte-jarretelles si la chance lui souriait. Le médecin s'avoua malgré tout qu'il la culbuterait volontiers, maintenant, sur le divan de ses patients telle une bête avide de sexe. Il gageait de pouvoir transformer la tessiture de la diva en des cris de volupté.

Fait reconnu : les trente-deux ans de la secrétaire ensorcelaient le docteur Karl Vandermeer depuis qu'il l'avait engagée. Quatre ans déjà qu'elle lui avait souri en signant son contrat sur le coin d'une table à la terrasse d'un café. Il haïssait les protocoles. Trois ans huit mois et vingt jours qu'ils avaient copulé dans un hôtel luxueux au cours d'un week-end à Reims après avoir bu deux bouteilles de champagne rosé de la marque Pommery qui lui avait coûté les yeux de la tête. Une folie, avait-il pensé mais une folie qui l'avait rajeuni et l'avait comblé au-delà de ses espérances. Trois ans qu'elle le serinait à officialiser leur situation et trois ans qu'il résistait à perdre son célibat sans trop vraiment savoir pourquoi il persistait dans son entêtement alors qu'il adorait la princesse de ses nuits et n'imaginait pas un seul instant le soleil se lever sans elle à ses côtés. C'était l'éternel épisode de David contre Goliath, et, lui, il était Goliath, bien sûr. Il allait être vaincu par la pin-up, il le savait, ce n'était qu'une question de temps sur l'échelle des jours.

Le quinquagénaire loucha une fois de trop sur la croupe de sa maîtresse lorsqu'elle le frôla, ce qui provoqua immédiatement une nouvelle salve de reproches.

— Tu ne songes qu'à toi. Tu n'es qu'un égoïste, qu'un vulgaire mâle en rut qui ne pense qu'à me sauter au lieu de procréer. De la fornication à la place de l'amour, voilà ce que tu m'offres depuis notre rencontre ! Tu vois en moi une maîtresse te permettant d'évacuer ton trop-plein de testostérone et non une femme, une épouse aimante, et encore moins la mère de tes futurs enfants. Mon horloge biologique tourne et bientôt il sera trop tard. Je ne compte pas élever un gosse de vieux. Cela fait plus de trois ans que nous baisons ensemble et toujours pas de vie commune que je qualifierai de minimum social entre amoureux. À quoi cela sert-il de vivre chacun chez soi ? Je te le demande !

Le mutisme de l'amant excéda de nouveau la jolie secrétaire.

— Je vais éclairer ta lanterne, Monsieur le lambin, puisque tu te tais. À jeter l'argent par les fenêtres ! Voilà le résultat d'habiter séparément. Deux appartements ! Deux loyers en sus des mensualités ! Je ne suis pas Crésus et toi non plus, que je sache. Cela fait plus de quinze ans que tu payes euros après euros un fond perdu d'avance. La note devient salée. Il est temps de te rembourser.

Elle n'a pas tort, la drôlesse, pensa Karl Vandermeer. Il faudrait que cette situation cesse. Cela ne peut durer indéfiniment. Je n'arrive plus à capitaliser autant qu'avant avec l'augmentation de mon train de vie et la baisse de ma clientèle, et je n'ai pas envie de me tuer la santé jusqu'à la retraite. Je me dois de trouver une solution si je veux que mon adorée reste auprès de moi une ou deux décennies. Dieu ! Qu'elle est attirante avec sa frange sur le côté qui lui cache l'œil droit lorsqu'elle s'énerve ! Qu'elle est belle avec sa chevelure à la garçonne ! Le blond vénitien de sa dernière couleur lui sied à merveille. Il fait ressortir ses iris bleutés et valorise son visage. J'en oublierai presque de reluquer son cul.

— Je vais y réfléchir, répondit-il, l'air absent.

La phrase sans intérêt n'échappa pas à la fine mouche qu'était Anastasia Karsoukov.

— Tu répètes inlassablement la même rengaine et les mois passent. J'en ai marre. Plus que cinq petits week-ends avant Noël. Je les ai comptés tous ces samedis et ces dimanches au cours de cette année qui s'achève ; tous ces samedis et ces dimanches à attendre la merveilleuse annonce du vivre ensemble, merveilleux cadeau que tu ne prononces jamais. Tu es un faible, un minable. Tu te dérobes. Tu vas ajouter un chiffre supplémentaire à la décimale, tourner le compteur et repartir pour une année d'hésitations et de compromis. Rien ne changera, cria-t-elle au bord de l'hystérie.

— Tu ne voudrais quand même pas que je lui fasse avaler un bouillon de onze heures à la vieille.

— Et pourquoi pas ? L'idée vaut qu'on la soupèse, dit-elle en se calmant subitement. À quatre-vingt-huit ans, j'estime qu'on a vécu et bien vécu, surtout lorsqu'on possède encore ses facultés mentales car après, inexorablement, le déclin s'installe amorçant la lente descente vers la dépendance. Arriveront dans l'ordre la perte de mémoire, en second l'incontinence, en troisième le sénile grabataire pour finir en apothéose avec l'Alzheimer. Si tu analyses en profondeur le processus du vieillissement, c'est lui rendre un grand service à la vieille : on lui évite les couches. Ce n'est pas toi qui me contrediras. Tu es bien placé pour le savoir, alors je dis et je clame à haute et intelligible voix : place aux jeunes, en l'occurrence nous et notre progéniture à naître. D'ailleurs, dès ce soir, j'arrête la pilule. Autant remettre la machine en route car je ne suis pas sûre d'être enceinte de suite.

Elle suivait son idée.

Fière d'avoir énoncé une diatribe à la fois perspicace et persuasive, Anastasia Karsoukov vint se coller contre son homme dans l'espoir de le désarmer sur le plan affectif.

— Est-ce que tu ne nous imagines pas enfin dans cette grande maison avec toutes ces chambres, une pour le bébé, une pour nous, une pour ton bureau et les deux autres pour les amis de passage ? questionna-t-elle avec une infinie douceur dans les mots prononcés, sa main caressant la nuque masculine. Elle nous correspond parfaitement, cette maison.

Karl Vandermeer resta de marbre, le sexe tendu, luttant contre la tentation de plus en plus pressante de se jeter sur elle et de lui faire l'amour de façon primitive en la pénétrant de dos comme un animal.

Accolade infructueuse.

L'échec de la tentative à le faire fléchir fit repartir la logorrhée à l'intonation similaire.

— Recevoir dans ce spacieux séjour de soixante mètres carrés serait quand même plus aisé que dans cet appartement sordide de quatre-vingt dont la moitié est destinée à la profession libérale, appartement où j'ai l'impression de continuer à jouer la réceptionniste quand arrivent nos invités. Ils gloussent derrière moi en avançant dans le couloir qui mène au privé. Je sais qu'ils se foutent allègrement de ma tronche puisque tu ne les rabroues pas.

En entendant la phrase, Karl Vandermeer contempla son univers triste et froid. Le reste de son logis ressemblait effectivement à son bureau : un ameublement minimaliste moderne qui associait un astucieux mélange de cuir et d'acier.

Pas de bibelot se couvrant de poussière, juste un palmier phénix dans un pot en terre cuite posé sur un carrelage gris clair et un tableau abstrait aux couleurs apaisantes. « La décoration ne risquera pas de distraire vos malades, avait plaidé l'architecte d'intérieur lors de l'aménagement. Au contraire, elle les aidera à se détendre, à vous confier leur mal-être, ne pouvant focaliser leur attention sur quelque chose. Je vous le garantis. J'ai relooké certains de vos nombreux confrères. Ils ont été enchantés ».

Le psychiatre esquissa un sourire à l'évocation de la scène.

— Tu te moques de moi ! cria-t-elle, faisant écho à la violence de la pluie qui s'abattit d'un coup sur les vitres.

Il sursauta, extirpé de sa rêverie par le hurlement soudain.

Les yeux de Anastasia Karsoukov reflétant sa colère lui lancèrent de puissantes flammèches à embraser l'immeuble. Le feu intérieur qui la dévorait se mêlait aux foudres du ciel et attisait la fureur de son courroux.

— Mais non, ma douce, dit-il sur un ton mielleux, l'esprit accaparé par ce besoin de la contempler nue comme un ver.

Il fallait qu'il l'apaisât s'il voulait coucher avec elle ce soir.

Impératif.

Il se rapprocha d'elle et l'enlaça tendrement. Il prit les lèvres humides d'avoir trop parlé, les embrassa avec fougue et entreprit de desserrer la ceinture qui affinait la taille de l'aimée.

— Ce soir, le batifolage est de sortie, goujat ! s'exclama-t-elle en le repoussant. Je rentre chez moi dans mon petit studio, tu sais, celui où tu ne viens jamais, celui que tu n'apprécies guère, tellement nous sommes à l'étroit dans mes vingt mètres carrés. De toute façon, je dois aller au supermarché si je ne veux pas mourir de faim. Le frigo est vide.

— Nous pourrions dîner au bout de la rue, chez Tino. Tu adores ses pizzas, suggéra-t-il sournoisement.

— Pour être mouillée jusqu'aux os en marchant jusqu'au restaurant et finir dans ton lit après avoir bu deux verres de Chianti, non merci, répondit-elle en lui tournant le dos. Je te connais par cœur.

Elle attrapa son manteau en laine peignée de couleur prune, l'enfila et sortit en claquant la porte. Sa silhouette élancée d'à peine cinquante-deux kilos n'était plus qu'un lointain souvenir dans le cabinet. Il ne subsistait plus que les fragrances de son eau de toilette.

Comme à l'accoutumée, les deux amants s'étaient empoignés dans une joute verbale apocalyptique. Leurs voix entremêlées s'étaient élevées à l'unisson, se joignant au bruit sourd de l'orage qui perdurait tout en diminuant d'intensité.

Moins de tonnerre.

Des gouttes d'eau plus légères s'écrasant sur les vitres.

Après le départ d'Anastasia Karsoukov, les ondes sonores émises par le couple se perdirent au milieu de nulle part, abandonnant le vainqueur au vaincu et vice-versa. Chacun était resté sur sa position, n'osant avouer à l'autre sa déconfiture.

Karl Vandermeer soupira.

Ce n'est pas aujourd'hui que nous nous réconcilierons sur l'oreiller à moins d'attendrir la demoiselle avec un bouquet de fleurs, des chocolats de chez Coffet et un aller-retour via Venise, constata-t-il tout haut. Bon, j'ai un besoin urgent de m'aérer. Il faut que je m'éclaircisse les idées ce soir. Diantre, quelle tigresse ! Je l'ai dans la peau, la garce, admit-il.

Le médecin jeta un coup d'œil à la pendule en inox posée sur la commode en laque de chine noire, avança jusqu'à la fenêtre, écarta le rideau blanc cassé et jugea qu'il pouvait s'aventurer à l'extérieur, la pluie ayant provisoirement cessé. Il imita sa maîtresse en revêtant son pardessus gris souris. Ce dernier contrastait avec le pull-over à col roulé moutarde, l'écharpe rose, le jean bordeaux, les chaussettes aux motifs de losanges noirs et jaunes, et les mocassins bleu marine. Le mélange des couleurs l'avait toujours obsédé, raison pour laquelle il n'avait jamais compris comment le vendeur avait pu l'influencer de la sorte en le persuadant d'acheter ce pardessus gris souris. Lui qui prônait la maîtrise de soi avait failli en beauté. Un achat compulsif. Son comportement allait, certes, à l'encontre de ses idées mais il avait dû reconnaître, à l'usage, que l'insipide vêtement possédait pour sa défense deux avantages : celui de se mêler incognito à une foule homogène aux teintes sombres, et celui d'assurer une protection efficace contre le froid, protection non négligeable en ce moment avec les prévisions météorologiques annoncées d'ici le nouvel an. Emmitouflé de la sorte, il sortit.

Accaparé par ses tumultueuses pensées, Karl Vandermeer marcha à l'aveuglette en ignorant les passants pressés et transis qui le bousculaient. N'ayant pas de but précis, il déambula longtemps et finit par se retrouver face à la gare. Celle-ci était bondée. Il entra pour se distraire. Un de ses jeux favoris consistait à entreprendre une passionnante observation comportementale des usagers et ce qu'il découvrit en s'immergeant dans la cohue pouvait s'inscrire dans la catégorie des jours chanceux où il y avait matière à analyser la populace.

Il huma l'odeur du peuple, soupesa la tension transpirante.

Les voyageurs en partance s'étaient regroupés en une sorte d'agglomérat de formes mouvantes bariolées. Ils s'impatientaient en se dandinant devant le panneau d'affichage qui demeurait désespérément vide. Quelques personnes s'interpellaient en essayant de glaner de précieuses informations concernant le retard dû à la grève surprise des conducteurs de train, retard annoncé de nombreuses fois par les haut-parleurs depuis son arrivée. Une rumeur circulait de bouche-à-oreille. Elle enflait comme une baudruche de groupes en groupes, prête à éclater. Selon les ouï-dire perçus, les employés de la SNCF réclamaient des augmentations de salaire dont le monde aux alentours se moquait éperdument. Le chacun pour soi prévalait en ce mercredi soir où les gens, fatigués de leur journée, n'aspiraient qu'à rentrer chez eux. Il n'eût fallu qu'une billevesée pour qu'une émeute démarrât entre les opiniâtres grévistes et les passagers excédés, d'autant que les salariés du rail n'acceptaient pas cette incompréhension vis-à-vis de leurs tristes sorts. Ils se qualifiaient eux-mêmes de « dévoués », eux qui avaient tant besoin d'empathie et qui ne récoltaient, en retour, que des médisances. Le médecin écoutait sourdre cette menace latente quand, soudain, à l'écart de la foule, il vit un homme d'une cinquantaine d'années se lever avec un certain panache et rassembler le peu d'affaires qui traînait autour de lui. Ce dernier se mit à rouler une couverture mitée comme si elle eut été de la plus haute importance. Il accrocha la pièce de laine au-dessus d'un sac à dos de l'armée fort usagé. Des rangers troués aux pieds, un pantalon rapiécé qu'on devinait coupé dans une grossière toile militaire et une doudoune à capuche noire, tel était l'accoutrement qui l'habillait. Ses cheveux mi-longs et sa barbe de trois jours indiquaient, quant à eux, une négligence corporelle. Indifférent à l'activité ambiante, l'inconnu de la gare prit la direction de la sortie. Avant qu'il ne disparaisse dans l'obscurité, Karl Vandermeer lui emboîta le pas. La déformation professionnelle du médecin lui avait suggéré de le suivre.

L'homme longea les devantures de la rue principale et descendit jusqu'à la place de la mairie. Là, il s'agglutina à une bande d'individus aussi crasseux que lui et se mêla à leur conversation. Tous paraissaient attendre, abrités sous un porche, la venue de quelque chose ou de quelqu'un.

Encore un qui ne se soucie pas du lendemain, maugréa Karl Vandermeer en observant l'inconnu de la gare qui était en train d'allumer la cigarette réclamée à son voisin d'infortune. Il ne risque pas d'être inquiété pour le paiement de ses charges, lui.

Pas d'habitation, pas d'impôt, pas de loyer, pas d'EDF, encore moins de téléphone et de cotisations qui étranglent le contribuable. Quand je pense que je me débats au milieu de mes factures comme un forcené pour entretenir cette engeance de « sans domicile fixe ». Si seulement je les avais en consultations par le biais d'une association quelconque, je serais moins virulent envers ces parasites de la société mais non, les bénévoles les ramassent sur le trottoir et font le tri sur un critère empirique et bienveillant : tous ceux qui sont affaiblis, direction l'hôpital, et les autres, allez ouste, au foyer. Putain de conne de vie ! Tiens, je suis écœuré, que dis-je, dégoûté, je m'en retourne, j'en ai assez vu pour ce soir. Quelle heure est-il ?

Karl Vandermeer dégagea son poignet et regarda sa Rolex de contrebande.

Il n'est pas si tard que ça, pensa-t-il. J'ai encore le temps de foncer chez la fleuriste et d'amadouer la splendide Anastasia. Une fois n'est pas coutume, je resterai chez elle si elle le souhaite. Demain, le premier client n'arrive qu'à dix heures. Je suis moins pressé qu'à l'ordinaire. Je pourrais même envisager de la mettre en cloque, la trentenaire. Après tout, elle a peut-être raison. Ses arguments sont fondés. À quoi sert-il de me démener dans le vide ? Un gosse ? Et pourquoi pas, lorsque j'y réfléchis. Les soixante ans pointent le bout de leur nez à l'horizon de ma vieillesse. Ensemencer ce corps de rêve donnerait naissance à un superbe rejeton et me redonnerait la patate, j'en suis sûr. Je me pavanerais en poussant le landau dans les rues de cette bonne vieille ville de Troyes, fier comme Artaban. Ce ne serait pas si mal pour un quinquagénaire.

Il rejoignit son cabinet le regard rivé au bitume en évitant les flaques d'eau, philosophant sur le déroulement de ses journées toutes semblables les unes aux autres, invariablement.

J'admets que je sature grave avec ces versements qui n'en finissent pas de s'accumuler, pensait-il en zigzaguant. J'en ai ras la casquette comme disent les ados. Si en plus j'inclus la somme investie au départ, cela devient exorbitant. Tu parles d'une aubaine. Je me suis fait rouler par le notaire. Il a décelé mon ignorance dès notre premier contact. Il a su voir en moi le pigeon rêvé. À lui les émoluments et à moi la galère financière. Les mensualités défilent mois après mois. Elles allongent l'élastique monétaire qui ne risque pas de se rompre sitôt. La vieille est coriace, elle ira jusqu'à la centaine et je vais crever avant elle. Elle va m'enterrer comme le profère ma jolie Anastasia. Je ne profiterai pas de la bâtisse, c'est une certitude aussi limpide que l'eau de roche, aussi, je n'envisage qu'une solution à ce problème emmerdant : une mort subite sans bavures. Eh, merde ! Elle a raison ma belle maîtresse ! Mille fois raisons ! Quelle claque rapidement, la Charlotte Chamberline ! Quand je pense que les bonnes gens disent que, lorsque le nom et le prénom commencent par la même lettre, cela porte bonheur eh bien moi, je dirais plutôt qu'elle a été couvée par les fées, la vieille. Son bonheur à elle relève de la chance. Elle est née sous une bonne étoile, à ça oui ! C'est le jackpot de la longévité qu'elle a gagné à sa naissance. Putain de vie ! Je me répète mais les dieux oublient l'équité entre nous autres, les pauvres humains que nous sommes. Il n'y a donc aucune justice divine en ce bas monde. Il y a celui qui a tiré la mauvaise carte à sa naissance et meurt jeune ; et il y a celle qui encombre le gentil psychiatre, lui bouffe son oxygène et lui fait péter les plombs. Réfléchis, mon vieux Karl. Un plan ? Il te faut un plan et vite. Creuse-toi les méninges, cela ne doit pas être très compliqué de la faire passer de vie à trépas à cet âge, la vieille.

Karl Vandermeer continua sa route en échafaudant des scénarios à la réalisation peu crédibles. Il en retint quelques-uns, les supprima ensuite, revint à son point de départ, se creusa la cervelle à nouveau. Il releva la tête en franchissant le hall d'entrée de son immeuble.

Les immenses glaces qui tapissaient les murs renvoyèrent une image radieuse à côté de celle du Ficus Benjamina au feuillage d'un vert resplendissant qui ondula devant lui, cause d'un léger courant d'air. Par son subtil mouvement, la plante, dans son pot en céramique vieux rose, sembla approuver la machination du médecin. Il la toucha. Ce fut un frôlement jouissif comme une caresse emplie d'émotions.

Ému, il l'était, le Karl Vandermeer.

Sourire aux lèvres, il appuya sur le bouton d'appel de l'ascenseur. L'humide promenade avait eu un effet bénéfique sur ses neurones. Il avait enfin trouvé la solution au problème insoluble. Il ne lui restait plus qu'à la concrétiser.

II

19 heures 30.

Non loin de là, aux abords du centre-ville, dans une spacieuse villa sur le toit de construction récente, s'apprêtait Madame Dominique Pinota, ex-attachée de direction du célèbre groupe SOWE. Elle était assise devant sa coiffeuse et brossait lentement ses cheveux mi-longs. La blondeur des mèches qu'avait proposée le visagiste du salon de coiffure rehaussait la teinte châtain clair de sa chevelure ayant déjà subi de trop nombreuses colorations. Étant donné que le groupe d'amies qu'elle fréquentait depuis son arrivée troyenne avait choisi ce coiffeur parmi la ribambelle établie dans l'agglomération, elle avait donc naturellement opté pour cet élu de la paire de ciseaux. La coupe au carré qu'il lui avait faite mettait en valeur ses oreilles qu'elle aimait sentir dégager. Cela lui permettait d'exposer aux regards des femmes envieuses une grappe de brillants qui se balançaient au bout de ses lobes lorsqu'elle déambulait, pareille à des pampilles illuminant un vieux lustre car la dame, retraitée depuis peu, n'offrait pas à son entourage le printemps de la jeunesse.

Sous le regard attentif de son animal de compagnie, Dominique Pinota était en train de dissimuler son faciès ridé par une épaisse couche de fond de teint. Truchement indispensable. Sa main droite étalait copieusement la crème brunâtre tandis que la gauche tenait fermement le pot de la marque Chanel. Ayant jugé le résultat satisfaisant, elle rangea le récipient dans le tiroir ouvert devant elle. Elle prit une lingette nettoyante dans le sachet à côté de sa brosse à cheveux et frotta les verres progressifs de ses lunettes, une paire à large monture blanche de la marque Christian Dior dont les branches étaient zébrées blanc et noir. Elle les ajusta sur son nez et vérifia le vernis sur ses ongles. Elle constata qu'il s'écaillait au niveau du pouce et de l'index des deux côtés. Sachant qu'on lui confierait le rôle de la cantinière dans la soirée, elle estima que personne n'y prêterait attention au sein de l'équipe.

— Les bénévoles du Secours Catholique se moquent éperdument de ce genre de détail, dit-elle en s'adressant à la Chihuahua femelle beige à poils longs, couchée à ses pieds, se prénommant Lolly.

La petite chienne secoua son museau en signe d'acquiescement. Résignée, elle attendait sa pitance en guettant la fin de cette interminable toilette.

La sexagénaire attrapa le célèbre flacon de la marque Chanel étiqueté n° 5, son indispensable parfum depuis sa mise sur le marché. Elle s'en aspergea la poitrine et se leva. Il lui fallait maintenant choisir sa tenue vestimentaire. Lolly suivit du regard sa maîtresse qui hésitait entre un pantalon de ville à coupe large aux plis marqués sur le devant et un jean à l'allure passe-partout. L'hésitation fut de courte durée. Dominique Pinota portait déjà le pull-over 100 % acrylique offert par sa coéquipière, elle opta pour le jean noir.

La chienne soupira et s'étira.

— Et dire que je n'ose pas m'habiller avec mes pull-overs en laine cachemire qui me procurent douceur et chaleur de peur de paraître snob, déclara-t-elle en prenant à témoin Lolly. Mes amies se moqueraient de moi si elles m'apercevaient accoutrée de cette manière. On est loin de la vie mondaine que nous menions à Paris du temps où j'étais encore en activité. En revanche, force est de constater, ma Lolly, que cette installation en province nous a permise, à toutes les deux, de pouvoir vivre dans l'aisance, ici, où l'immobilier est moins onéreux que dans la capitale. Pour le prix d'un studio intramuros dans la cité, nous avons un bel appartement ici. Avoir du capital, c'est mieux que de tirer le diable par la queue, tu ne crois pas ? Mais s'attifer comme un plouc, c'est nul à en pleurer, n'est-ce pas ma petite Lolly ? J'ajouterai même que c'est déshonorant, voire affligeant. Je ne mérite pas qu'on me colle à la peau le qualificatif de bouseux campagnard. Encore heureux que je puisse me chausser à ma guise. Comme dit Yasmina : « c'est moins voyant, les pieds, que le reste de la personne. Tu ne dois pas les mettre en infériorité vis-à-vis de toi ». Tu ne l'entends pas, toi, mais elle claironne cette réplique à chaque fois que je suis avec elle, ma Lolly, et c'est une pensée ridicule. Je peux te le jurer.

La chienne leva les yeux, croyant la séance d'habillement terminée.

— Si, si, je te le confirme, reprit Dominique Pinota. Ils se sont mis eux-mêmes en position de médiocres en vivant dans la rue. Je ne les écoute pas. Leurs belles paroles ne sont que des prétextes et des excuses pour se la couler douce aux frais de la princesse et picoler dans un coin. Des moins que rien, te dis-je. À force de les côtoyer deux fois par semaine, je les ai sondés. Je sais de quoi je parle. Bon, comment trouves-tu ma tenue ? demanda-t-elle à l'animal en s'admirant dans le miroir. Rien de transcendant, je suis d'accord avec toi ; pratique, moche, et tu as raison. Fallait-il que je sois désespérée pour avoir cherché à être bénévole dans une association. Je m'ennuyais à l'époque. Si seulement je ne m'étais pas vantée de mes actions auprès des Leplot et des Jouves. Je suis maintenant engluée dans mon propre piège et, aujourd'hui, je ne peux plus reculer. Je servirai la soupe et continuerai à patrouiller dans la ville jusqu'à la fin de la trêve hivernale ; ma bonne action du mercredi et du vendredi au sein du Secours Catholique durera encore un peu. Après, j'agirai en conséquence selon mes désirs et la notoriété acquise grâce à ce dévouement hypocrite. En attendant ce moment béni, c'est bientôt Noël, le mois du repentir et je m'achète une conduite envers le Seigneur après les saloperies que j'ai faites dans ma carrière afin d'atteindre le sommet. Tu t'en souviens, Lolly ?

Bien sûr que je m'en souviens, songea la chienne. Plus le service réclamé par le demandeur était important, et plus la récompense indirecte était grosse. J'en ai reçu des jouets en plastiques, des balles et des friandises. Même qu'une fois, j'ai eu droit à un superbe collier en cuir rose et sa laisse assortie, le tout dissimulé dans un panier rempli de biscuits. Ces gens savaient quoi donner et à qui pour avoir tes faveurs. Note que j'avais la priorité.

— Elles jalonnent mon parcours, ces vacheries, et je ne regrette rien.

Moi non plus, approuva Lolly en aboyant joyeusement.

— Elles m'ont permis de terminer au service de la rédaction. Tu n'étais qu'un chiot à l'époque. Je recevais les clients et je décrochais les contrats avec toi dans ton couffin. Tu étais la coqueluche de ces messieurs.

Eh, oui, c'était le bon vieux temps, soupira le chihuahua.

— On en a fait chavirer des hommes, toutes les deux, des naïfs croyant me gruger alors que c'est moi qui les manipulais. La Pinota est une carriériste proclamaient les mauvaises langues entre elles. Je ne cautionne pas. Je dirais que je me suis servie de mon célibat en guise de promotion. Je te parle, je te parle, Lolly, et tu m'écoutes alors que je dois partir. Viens. Suis-moi, mon bébé, que je te donne ton steak haché.

Enfin ! pensa la chienne en se mettant sur son séant.

— Tu vas l'apprécier. C'est du bon ! Je l'ai acheté chez Antoine, du 100 % pur bœuf pour ma Lolly, rien que du maigre, pas de gras. À onze ans, tu mérites le meilleur.

Dominique Pinota prit la doudoune de couleur marron glacé posée sur le dossier de la chaise où elle était assise auparavant. C'était une veste en duvet d'oies conseillée par Yasmina, un conseil de plus à l'actif de sa collègue comme achat indispensable dans la lutte contre les températures négatives. Puis elle fonça vers la cuisine et se dépêcha de remplir la gamelle en porcelaine de la chienne.

Caresses et bisous sur la truffe.

— Attends-moi sagement. Je reviens très vite.

Où veux-tu que j'aille par un froid pareil ? s'interrogea la petite chihuahua.

Accroupie dans l'entrée, Dominique Pinota laça ses baskets montantes en cuir noir et lissa le revers en poils de lapin des chaussures. Elle se redressa en envoyant un baiser à la chienne avec sa main droite et enclencha l'alarme de son appartement villa avant de sortir.

Porte close, elle descendit les quatre étages jusqu'au sous-sol par l'escalier de service, évitant ainsi les voisins de palier, rasant les murs, honteuse d'être vêtue de la sorte.

Coup d'œil à droite.

Coup d'œil à gauche.

Elle fonça vers sa Mercedes blanche coupée sport qu'elle avait garée sur son emplacement privatif le matin en prévision de la sortie du soir. Elle avait volontairement ignoré le garage. Elle aimait montrer aux autres occupants de l'immeuble qu'elle avait eu les moyens d'acheter deux places pour sa voiture, une à l'extérieur si on considérait que l'appellation « extérieur » pouvait convenir à un parking en sous-sol et une à l' « intérieur » si on baptisait par ce nom le box fermé par une lourde porte en tôle. Elle démarra en se demandant quel brouet infâme elle avalerait ce soir en partageant l'offrande avec les sans-le-sou, simulant l'humilité du nanti au sein d'une galère qui ne la concernait pas.

III

20 heures.

Anastasia Karsoukov, toujours d'humeur coléreuse envers son amoureux, avait étalé ses provisions sur le frigo top ainsi que sur le muret séparant la cuisine du salon, lequel muret assurait aussi, à son grand désespoir, la fonction de table de repas.

Les architectes d'intérieur ont beau nommer cuisine américaine ce réduit peint en rouge coquelicot de mauvais goût, râla Anastasia en vidant le dernier sac, il ne remplace pas une belle salle à manger où le soleil pénètre par de larges fenêtres et une cuisine fonctionnelle avec de vrais placards au bois cérusé, une table, des tabourets et un magnifique plan de travail en marbre. Au lieu de ça, j'évolue dans cette misérable kitchenette de prolétaire. Comment peut-on cuisiner convenablement dans un endroit pareil ? Je vous le demande. Ah ! La maison convoitée serait idéale, et je n'ai vu que les photographies ! Vue de près, la réalité doit dépasser la fiction. J'aimerais tant m'occuper de la décoration de ces nombreuses pièces dont la plupart ont les volets fermés. Elle serait superbe, la baraque de la Chamberline en envisageant un style rétro ! Je dirais même qu'elle serait mise en valeur agencée par mes soins. Cet imbécile de Karl doit se décider enfin à occuper les lieux. Il n'a que trop tardé. Mais comment est-ce que je pourrais arriver à convaincre ce naïf ? Il ne réalise même pas qu'il est en train de se ruiner en attendant que la vieille expire, quant à moi, je lui sacrifie mes plus belles années. Je n'ai pas envie d'avoir un enfant avec un géniteur miséreux qui se sera ruiné à force d'espérer que la vieille casse sa pipe. La pauvreté, non merci ! J'ai donné dans mon enfance avec la faillite paternelle. Cela m'a suffi comme exemple. Une fois, pas deux. Je me le suis juré et je ne trahirai pas mon serment. Un minimum est nécessaire pour éduquer un môme. Je compte bien profiter de la poule aux œufs d'or tant qu'elle pond. Je ne devrais pas penser à Karl de cette façon, seulement, l'amour dans l'aisance évite la dispute. Lorsque le foin manque au râtelier, les chevaux se battent, dixit le proverbe. Foi d'Anastasia, je continuerai à m'élever dans l'échelle sociale coûte que coûte.

Organisatrice hors pair, sa rage décuplait sa volonté d'en finir avec les courses. Elle s'activait à ranger chaque denrée à sa place, se moquant des "tacs, tacs, tacs" que produisaient ses talons sur le parquet. Elle savait très bien que la voisine du dessous en tant que copropriétaire se plaindrait de nouveau au syndic du bruit qu'occasionnait la locataire du dessous lorsque la prochaine réunion syndicale aurait lieu mais, aujourd'hui, elle en avait cure. Au contraire, elle prenait un malin plaisir à évoluer dans son appartement telle une danseuse de flamenco. Elle frappait le plancher au risque d'y laisser des marques. Cette soirée avait mal commencé et le revêtement en chêne en faisait les frais.

Subtile synchronisation.

Elle était en train de refermer la porte du réfrigérateur pour la troisième fois lorsque le timbre de l'interphone retentit. Elle sut de suite qu'à cette heure tardive, il n'y avait qu'une seule personne susceptible de venir chez elle à l'improviste. Elle répondit à l'appel du mâle et se retrouva face à un Karl Vandermeer penaud, des roses rouges plein les bras. À cet instant précis, elle remercia le ciel d'avoir gardé ses atours. Elle se savait irrésistible.

Elle décida aussitôt de décupler ses charmes à l'encontre du visiteur, bien décidée à l'émoustiller pour arriver à ses fins. Elle accentua donc son déhanchement en récupérant le bouquet. Elle se pencha exagérément en avant pour attraper un vase dans le meuble bas du salon qui était l'unique mobilier imposant du modeste studio. Sous le nez du médecin, elle s'amusa à arrondir sa colonne vertébrale et à relever ses fesses, la robe retroussée dévoilant ainsi le tissu de sa culotte.

L'invité salivait derrière elle, excité à l'idée de découvrir si Anastasia portait un slip brésilien en fine dentelle ou un string d'où s'évaderaient quelques poils pubiens. Il lui tardait de glisser ses doigts sous l'étoffe.

Anastasia Karsoukov maîtrisait le rôle de la séductrice. Karl Vandermeer, le sachant depuis leur premier coït, consentit à s'abandonner à la manipulation voulue par sa maîtresse. Dupé, il ne l'était point et comptait inverser les règles du jeu à son avantage au moment où elle s'y attendrait le moins. Connaissant son penchant pour le bon vin, elle lui servit un verre de Haut Médoc Cru Bourgeois médaille d'or millésime 2 009. Il le dégusta à petites gorgées. Il le savoura en faisant claquer sa langue contre son palais en fin connaisseur tandis qu'elle disposait les amuse-gueules dans un ravier. Il s'installa dans le canapé le verre à la main, un coussin sous la nuque et mata, en attendant qu'elle ait terminé, le galbe de ses jambes.

Lorsqu'elle eut posé le plateau sur la table basse, Anastasia Karsoukov se positionna à califourchon sur les cuisses de son amant. Plongeant ses yeux dans les siens, elle dénuda ses épaules, fit glisser doucement le haut de sa robe, dégrafa son soutien-gorge qu'elle jeta par terre et frotta ses seins libérés contre la figure de son homme.

Les prémices annoncent une nuit torride, pensa Karl Vandermeer. Tes tétons durcis réclament l'assaut de mon pénis, ma belle. Tu vas glousser, tout à l'heure, et ce ne seront certainement pas les mêmes gloussements que tantôt. Ta chatte mouillera, tu jouiras et tu seras mienne. Je n'aurais plus qu'à cueillir le fruit mûr. Je gage que tu accepteras mon offre, mon enjôleuse.

Je sens ton membre durcir au contact de ma main sur ta braguette, mon beau toubib, pensa Anastasia Karsoukov. Je vais m'appliquer à la besogne jusqu'à ce que tu bandes dur, vénérable tronc d'arbre. Prends-moi où tu veux, je m'en fiche. Lorsque tu seras en moi, tu ne t'opposeras plus à ce que je te susurrerai entre deux coups de reins. Les hommes sont faibles quand ils éjaculent.

L'amant et l'amante se contemplèrent quelques minutes. Un étranger aurait pu croire qu'ils se jaugeaient mutuellement, à l'image de ces gladiateurs dans une arène, possédant comme arme leurs appendices sexuels et ayant pour stratégie la capitulation de l'adversaire. Leurs lèvres se scellèrent en un puissant baiser tandis que leurs doigts se démenaient à se déshabiller mutuellement.

Frénésie de l'Amour.

Montée de l'orgasme.

Jouissance.

IV

20 heures 30.

En cette nuit de mi-novembre, tout le monde ne se focalisait pas sur la bagatelle, du moins, pas encore. Il était trop tôt pour les couples mariés à charge de famille et trop tard pour les couples illégitimes du « 5 à 7 », les célibataires à la libido frustrée étant exclus de ces deux groupes, à l'instar de Dominique Pinota qui comblait ce vide sentimental par son activité du mercredi soir. D'ailleurs, l'ancienne attachée de direction aperçut la démarche pesante de Nasri Yasmina, mariée, trois enfants, qui ne cherchait plus à plaire aux hommes depuis longtemps, enfermée dans un carcan familial qui s'alimentait par ses actions. Elle avait étiqueté de « grosse » la collègue bénévole qui avait cinq ans de moins qu'elle. Cette femme trapue, se déplaçant tel un éléphant dans un magasin de porcelaine, pesant 90 kg pour 1 m 75, s'empressait de venir à sa rencontre. Avec son jean rapiécé au genou, son anorak orange et ses bottes vertes de jardin en caoutchouc, elle était repérable à dix lieues à la ronde mais cette femme rustaude savait affronter le temps maussade sourire aux lèvres, ce qui exaspérait Dominique. Que l'hiver fut clément ou au contraire rigoureux, il n'amoindrissait pas l'optimisme naturel de Yasmina, lequel optimisme était fort apprécié par les nécessiteux et déprécié par la récente recrue au sein de l'association.

« Je ne risque pas de la perdre dans une foule compacte » racontait Dominique Pinota à son entourage, ne ratant pas une occasion pour se moquer de la cadette.

— Vite, dépêchons-nous, dit Yasmina en l'embrassant sur les deux joues, ôtant par réflexe les lunettes rondes à montures violettes qui lui mangeaient la figure, Dominique Pinota n'enlevant jamais les siennes. La camionnette ne va plus tarder et ils ne sont pas de bonne humeur, nos protégés. Ils se les gèlent. C'est un jour sans.

Si Dominique Pinota pouvait comprendre le dévouement de Yasmina, en revanche, elle ne supportait pas qu'elle puisse lui parler sur un ton désinvolte, à elle, une ex-cadre, comme si elles s'étaient quittées l'heure d'avant alors que cinq jours s'étaient écoulés depuis leur dernière mission.

— Bonsoir quand même, répondit sèchement Dominique, signifiant ainsi son mécontentement dû à l'impolitesse.

On ne sait pas quitter la veille, pensa-t-elle, outragée tout en commençant le décompte du nombre de bouches à nourrir.

À cette minute, un fourgon surgissant au bout de la rue amorça son virage et vint se garer sur la chaussée à côté d'elles. Le chauffeur alluma les feux de détresse, coupa le moteur et descendit du véhicule.

— Salut les filles. La soupe de légumes est chaude, annonça joyeusement Manuel Schmitt, homme imposant de 55 ans d'origine allemande aux yeux gris perle, blond et tempes grisonnantes. Il n'y a plus qu'à servir. J'ai du pain, pas beaucoup, il faudra tirer les portions. J'ai aussi récupéré des bananes amochées mais c'est mieux que zéro fruit.

— Ne te bile pas, Manuel, ça ira, répondit Yasmina. Essaye d'avoir plus de pain la prochaine fois. Le pain arrive à les caler, nos affamés. Ils peuvent tenir ainsi jusqu'au matin.

— Ouais, je sais, seulement j'ai dû partager avec les autres équipes qui ont des SDF en nombre conséquent.

— Ils bougent pas mal en ce moment à cause du froid, se hasarda à répondre Dominique.

— Je suis d'accord avec toi, approuva Yasmina. Ils vont et viennent sans but précis. Il y en a quelques-uns qui partent vers la capitale croyant trouver un eldorado, et d'autres qui débarquent chez nous pensant ne pas mourir de faim dans nos campagnes. Enfin, c'est triste mais c'est comme ça depuis que j'ai commencé, il y a quatre ans, et ce n'est pas près de changer avec les migrants qui fuient les guerres et l'oppression des régimes politiques. Alors, sur ces tristes constatations mettant à jour notre impuissance, autant s'y mettre de suite car je suis frigorifiée. On sert maintenant et on propose le foyer à ceux qui veulent y dormir cette nuit. D'après les infos du responsable, il y aurait des places libres ce soir. Nous allons distribuer ensemble les rations et nous essayerons de les persuader toutes les deux à se mettre au chaud pendant que tu rangeras le matériel, Manuel.

— OK. Ça me va, répondit-il.

Le groupe formé se disloqua. Les hommes et les femmes marchèrent vers eux en silence, mus par un commun désir, celui d'être respectueux envers leurs protecteurs. Religieusement, capuches rabattues, bonnets de laine enfoncés jusqu'aux oreilles, sans hâte, ils s'alignèrent en file indienne devant les marmites dont la vapeur s'élevait vers le ciel. Ils tenaient tous dans leurs mains le précieux quart en fer-blanc que le secours catholique leur avait fourni. Le perdre équivalait à être catalogué « irresponsable », une trahison envers l'engagement pris auprès des bénévoles. C'était donnant-donnant. À chacun incombait la responsabilité de ce gobelet provenant d'un surplus militaire qui gardait longtemps la boisson chaude l'hiver et la boisson fraîche l'été.

Ils avançaient vers le réconfort.

L'inconnu de la gare tendit son quart comme les autres, refusa le morceau de pain et s'écarta de la file. Il resta planté là, à souffler sur le breuvage, observant le monde qui s'agitait en mouvements lents.

L'homme intriguait Dominique Pinota. Elle trouvait qu'il dépareillait au milieu de ces sans-abri malgré les guenilles qu'il avait sur lui au même titre que les autres. Il flottait un léger mystère autour de sa personne, un je ne savais quoi qui vous disait qu'il n'était pas à sa place. Il dénotait.

Il était en train de dévisager l'équipe qui remplissait les contenants à coups de louches fumantes. L'attitude troublante fit rater un bol à Dominique Pinota. Un juron partit de la bouche du clochard posté devant elle, un juron gras et sale destiné à la serveuse qui avait arrosé de soupe la manche de son anorak. Elle s'excusa et le resservit. Elle qui commandait et réprimandait sans vergogne les subalternes auparavant dut faire preuve d'humilité. Cela fit sourire l'inconnu de la gare et il s'en alla comme il était venu.

Distribution terminée, rangement accompli, Manuel Schmitt commença à rattraper les fuyards pour leur soumettre le fameux gîte.

— C'est à chaque fois pareil, dit-il en boutonnant son duffle-coat. Dès qu'ils ont mangé, ils nous fuient. Une envolée de moineaux.

— Il faut les comprendre, rétorqua Yasmina qui s'essoufflait à courir derrière son collègue. Ils ont peur du vol de leurs affaires au foyer. Ils hésitent à s'y rendre.

— Ils ne diront plus ça quand la température sera à moins quinze. Ils nous supplieront et des places, il n'y en aura pas assez.

— À chaque soir suffit sa peine. Ne soyons pas pessimistes. Regarde ! Dominique a réussi à en persuader sept.

— Inespéré mais elle est revêche et, parfois, son foutu caractère de cheftaine, il nous sert. Allez, on embarque, on dépose et on fait quand même un tour dans la périphérie à la recherche des cartons empilés et des abris de fortune.

Dépose minute au foyer.

Course dans la ville.

Le camion tressautait dans les virages en envoyant des gerbes d'eau sur les trottoirs.

Avec un unique bol de soupe, je meurs de faim, songea Dominique Pinota durant le trajet vers les bas-fonds. Le pain, il était mou, je l'ai laissé. Yasmina et Manuel ont cru que je faisais un acte de charité chrétienne. Tu parles, Charles, il était immangeable. À la maison, je décongèlerai un plat de lasagnes et je me le servirai avec ce Bordeaux moelleux acheté l'an passé. Je n'y ai pas encore trempé mes lèvres. J'ouvrirai une bouteille sur la caisse qui en contient six. C'est un vin blanc mais, tant pis, je l'associerai à ce plat, au diable les conventions. Il faut bien le goûter un jour avant de le servir aux invités, et ce soir, j'en ai très envie. J'ai envie d'oublier cette détresse avant qu'elle ne me coupe l'appétit. Je ressemble à ce curé d'Alphonse Daudet qui ne pensait qu'à la dinde rôtie pendant son sermon de Noël. À chacun son péché, mon père.

Ils eurent vite fait de terminer le circuit. Dans les rues dépeuplées se cachait la misère du monde difficile à débusquer.

Manuel Schmitt accompagna les deux conductrices jusqu'à leurs voitures respectives. Nasri Yasmina récupéra sa vieille Opel cabossée attaquée par la rouille et Dominique Pinota sa Mercedes flambant neuve aux lignes épurées. Quant à Manuel, il ramena le fourgon au siège de l'association.

Un au revoir furtif par appel de phares.

Compréhension amplement suffisante.

V

22 heures.

Les deux D s'étaient retirés dans le salon avant d'aller dormir. Ils devisaient en apparence tranquille. L'esprit aurait pu être serein dans la maison car, heureux sort en cette fin d'année, le QG était calme seulement, il y en avait un « mais ». Un « mais » tenace, de celui qui vous tenait par ses griffes et ne vous lâchait plus jusqu'à sombrer avec lui.

Le commandant Jean-Louis Dorman, un homme rondouillard de taille moyenne, 54 ans, divorcé et sans enfant, était inquiet.

Si par malheur son anxiété augmentait, elle pourrait se refléter sur son travail. Elle enclencherait une sinistrose qui gâterait l'ambiance au commissariat, ce que personne ne souhaitait pour l'avoir déjà vécue. De ce fait, chose peu commune, le lieutenant Morgane Duharec, une femme menue de 35 ans, avait suggéré de souper à l'extérieur pour divertir son patron et ami puisque Marc Gillet, le capitaine de la brigade des stupéfiants qu'elle fréquentait depuis un trimestre, était en planque.

Malgré un mince filet de pluie persistant, Dorman avait accepté avec un enthousiasme mitigé la suggestion de Morgane car il en allait de leur devenir suite à la vente de leurs biens dans le Doubs. Il craignait une séparation brutale, à savoir la fin de leur colocation savinienne, colocation faisant suite à une mutation désirée et réfléchie prise d'un commun accord. Ce partage d'intimité s'était transformé au fil des mois en un attachement réciproque, et Dorman ne souhaitait pas rompre le lien. Cette inquiétude le paralysait. Il n'arrivait plus à canaliser son esprit sur un autre motif.

Lequel des deux se retrouve dépendant de l'autre ? s'était demandé le commandant en tirant sa chaise. Il semblerait que ce soit moi quand j'analyse la situation. Une peur de vieillir, seul comme un vieux con, a pris possession de ma logique et tourne en boucle dans ma tête. Bienvenue à toi, le misanthrope !

La conversation au cours du repas n'avait pas réussi à s'orienter dans la direction espérée par l'anxieux.

Ils avaient parlé des enquêtes en cours qui se résolvaient gentiment puisque la bande des « caves » était sous les verrous. L'équipe avait nommé ainsi les cinq jeunes qui fracturaient les cadenas des portes des caves en sous-sol des HLM de la périphérie troyenne, dérobant la nuit les objets découverts pour les revendre ensuite sur internet. Les plaintes des propriétaires ayant pu récupérer leurs biens moyennant finance avaient donc cessé, et la paperasse administrative avec elles, ce qui réjouissait le commandant car il avait horreur de rester bloqué derrière son bureau à remplir des formulaires en inscrivant : « c'est un comble de devoir payer ce qui vous appartient déjà ». Il aimait le terrain malgré les dangers, et Morgane aussi.

Après avoir énuméré les banalités policières, Dorman avait estimé qu'ils étaient rentrés chez eux sans avoir vraiment pu aborder le problème majeur. Il fallait crever l'abcès avant qu'il ne pourrisse le peu de quotidien qu'il leur restait à vivre ensemble.

— Alors ? questionna Dorman le front soucieux.

— Alors, quoi ?

— Allez-vous emménager avec Gillet ?

— Comme vous y allez, patron. Nous nous apprécions, mais de là à fonder un foyer, il y a de la marge.

— Pourquoi une telle réticence ? L'aventure ne vous tente pas ?

Dorman voulait sonder les profondeurs sentimentales de sa colocataire. Il voulait savoir à quoi s'en tenir dans un futur proche en examinant le niveau de la cote d'alerte amoureuse.

— Deux flics ensemble, je ne crois pas que nous supporterions longtemps nos obligations professionnelles.

— Vous arrivez bien à concilier la vie privée et le travail en ce moment, alors, comment pouvez-vous émettre la possibilité que cela puisse changer ? Et puis, nous vivons côte à côte, nous deux, sans parler boulot en permanence, vous en conviendrez ? Nous sommes un bon exemple.

— C'est différent. Avec lui, je ne me berce pas d'illusions. Les premiers mois correspondent à la lune de miel de toute nouvelle relation. Vous le savez autant que moi.

— Il ne tient qu'à votre couple de perdurer ce bonheur partagé.

— On dirait que vous voulez vous débarrasser de ma petite personne. Ce n'est pas sympa de votre part, chef.

— Pas du tout, coupa Dorman qui était en train de réaliser sa bévue en entendant Morgane l'appeler chef.

Dans le langage du lieutenant, il y avait deux paliers dans son appellation envers son supérieur hiérarchique, patron lorsqu'elle s'attendrissait et opérait un transfert « père fille », et chef quand elle exécutait un ordre.

— Je préfère.

— Reprenons cette conversation sur de bonnes bases. Quand vos meubles seront-ils livrés, Morgane ?

— Normalement, avant le quinze décembre. J'avais demandé au déménageur une prolongation pour le garde-meuble afin d'être sûre de partir d'ici en même temps que vous.

— Je comprends mieux maintenant pourquoi vous n'étiez pas si pressée de chercher un logement.

— Je vous l'avais dit.
— J'avais oublié.
— Vous voilà rassuré.
— Si on veut.

Non, le commandant n'était pas rassuré. Il appréhendait ce sentiment d'abandon qui naîtrait inévitablement à la fin de leur cohabitation. Déménager équivalait à se marier avec la solitude. Moralement, il repoussait l'échéance du verdict alors, lui non plus, il n'avait pas essayé de trouver une nouvelle habitation. C'était comme si chacun attendait que l'autre prenne la décision à sa place. Les jours passaient et la situation restait bloquée. L'aventure amoureuse du lieutenant n'arrangeait pas le statu quo dans lequel les deux colocataires s'étaient murés comme deux lièvres tapis au fond de leurs terriers attendant la venue du printemps pour sortir et se lancer à la reconquête de dame nature en abandonnant la tanière.

Cette situation devra être tranchée un jour, pensa Dorman, et le plus tôt sera le mieux.

— Avez-vous jeté votre dévolu sur une maison ou sur un quartier ?
— Bof.
— Cet enthousiasme ne vous ressemble guère, Morgane, répondit le commandant un brin paternaliste.
— Et pour vous ? Je vous retourne la question.
— J'ai encore un peu de temps devant moi. Le mobilier n'arrivera que vers le vingt.
— Dans les cartons à Noël, alors.
— Sûrement.
— Vous ne m'avez pas répondu, rétorqua Morgane qui voulait savoir où en étaient les recherches de son mentor.

— J'opterai certainement pour un deux-pièces si je suis seul. Un 70 m2 me suffira grandement. Je possède peu de chose.

Le lieutenant saisit immédiatement les sous-entendus. La tournure de la phrase n'était pas ambiguë. Pas besoin de lui faire un dessin, elle était suffisamment explicite. Elle en comprit le sens et s'en désola.

— Nous pourrions établir une liste de ce que nous souhaiterions comme environnement, proposa-t-elle emplie de compassion. Partageons-nous la corvée, si je puis dire, pour noter les biens intéressants à la vente. Profitons de nos déplacements. Vous allez acheter, non ?

— Il y a des chances car une location it's money thrown away.

— Je suis bien d'accord c'est pourquoi je ne continuerai pas à louer. Ici, c'était une sorte d'obligation qui a favorisé notre installation, mais la donne a changé. Ne jetons pas l'argent durement gagné par les fenêtres pour reprendre votre expression.

— Et qu'en pense notre ami Gillet ?

— Je n'ai pas discuté de ceci avec lui. Je dois d'abord approfondir ses intentions vis-à-vis de moi.

— Très juste, approuva Dorman, montrant par sa réponse qu'il était à ses côtés quelles que soient les épreuves à surmonter.

On palabre sans avancer d'un pouce, pensa le commandant. Le problème reste entier. Il est plus difficile à résoudre qu'une affaire criminelle. J'aimerais la convaincre de l'idée qui m'est venue ces jours-ci, seulement, il me faut du concret. Parler dans le vide ne permet pas de se projeter. Étant donné que les dossiers sont clos à la brigade, je vais m'occuper de la prospection. Je vais prendre dès demain l'initiative de la trouvaille.

— Allons-y, Morgane. Établissons cette fameuse liste avant que la focalisation ne nous échappe : à la campagne, en ville, grand, petit, le nombre de pièces et que sais-je encore.

Elle s'empressa d'aller chercher un stylo-bille et une feuille de papier.

Les deux D passèrent l'heure suivante à noter leurs souhaits au rythme des gouttes d'eau qui cinglaient les volets.

L'orage se manifestait à nouveau avec fracas.

Jeudi 23 novembre

VI

9 heures.

Le lieutenant Luc Mathieu, 43 ans, tout de bleu vêtu dans un style classique, chemise à manches longues et cravate de circonstance, ne desserrait pas les dents depuis son arrivée au commissariat. Il s'était enfermé dans son bureau et refusait de communiquer avec la brigade, un fait connu de tous chaque fois qu'il était en conflit avec son fils aîné traversant une crise d'adolescence bien trempée. Il affichait donc la mine renfrognée des mauvais jours. Il en avait gros sur le cœur, mais, pour l'heure, une dispute filiale n'avait pas été le motif déclencheur. Son orgueil avait été relégué aux oubliettes du château des vainqueurs, cachot des infortunés, basse-fosse des recalés. La sentence l'avait cueilli au saut du lit en ouvrant son ordinateur. Il avait échoué à son examen de capitaine pour deux malheureux petits points qui lui avaient valu une note éliminatoire, deux petits points manquants qui auraient suffi à valider le test, deux petits points qu'il aurait dû acquérir facilement au stand de tir s'il était resté concentré sur la cible. Seulement, voilà, la malchance avait sonné le glas : son gamin de dix ans avait vomi la nuit avant l'épreuve. De ce fait, il avait dû se lever plusieurs fois ; il avait dû se relayer avec son épouse pour grappiller quelques minutes de sommeil ; il avait dû rester au chevet de l'enfant une bonne partie de cette fatidique nuit. Conséquence de cet enfer sur terre, il avait eu dû mal à garder les yeux ouverts le jour J. Sa vision était floue, ce n'était pas sa faute. Sa femme le comprenait mais ses amis, ses collègues, comprendraient-ils le handicap qu'il avait eu ce matin-là ? Telle était l'excuse qu'il s'accordait en pure innocence mais la vérité était autre. L'unique raison de son échec était qu'il ne s'entraînait pas assez. L'instructeur lui rabâchait les oreilles à ce sujet. Mathieu était lucide mais il passait outre la recommandation puisqu'il avait une sainte horreur de pointer son flingue sur un individu dans une altercation. En ce sens, il rejoignait le commandant Dorman qui évitait, lui aussi, l'entraînement obligatoire. Dégainer et appuyer sur la détente pour rétablir l'ordre au cours d'une rixe leur posait un cas de conscience à tous les deux. Ils préféraient riposter au beau milieu d'une franche fusillade car là, au moins, la certitude d'être abattus s'étalait au grand jour. La riposte s'imposait. Une nécessité. Il fallait protéger le citoyen lambda des balles perdues mais Troyes n'égalait pas Marseille, les fusillades étaient rares. La devise de Mathieu était : j'aviserai en temps et en heure au moment opportun, et, aujourd'hui, il avait obtenu la réponse à son dilemme. Sa négligence lui avait rendu la monnaie de sa pièce. Il devait maintenant aviser vis-à-vis de la brigade.

Ne pas perdre la face.

Profiter que Dorman et Duharec étaient à l'extérieur pour élaborer une stratégie renversant cette notification en bravade contre le mauvais sort.

Positiver.

Exit le pot du soir à la brasserie d'en face. Étant donné que je n'avais rien prévu, je ne suis pas perdant.

Exit les congratulations. Je n'aurais pas à serrer des mains moites.

Mathieu se redressa sur sa chaise et lut pour la énième fois le courrier administratif qu'il avait imprimé chez lui. Il s'attardait sur la dernière ligne qui stipulait la session de rattrapage dans trois mois.

Un trimestre sera largement suffisant pour se perfectionner, jugea-t-il. Soyons optimistes. En pratiquant deux fois par semaine, ça ira. J'ai de la chance dans mon malheur, c'est tranquille dans la boîte en ce moment. Autant m'investir dans la corvée et m'en débarrasser le plus vite possible.

Trois coups discrets sur la porte rompirent le fil de sa pensée. Le brigadier Jean-Marc Piot, jeune papa de 23 ans, entra.

— Alors ? demanda-t-il bien qu'il sache déjà la réponse rien qu'en voyant la tête du lieutenant.

— Alors quoi ?

— Le résultat de votre examen, c'était bien le 23 ? Je ne me trompe pas ?

Mathieu apprécia la délicate attention. Au début de leur relation, il s'était farouchement opposé à sa venue dans l'équipe. Cet ajout troublait l'ordre établi au sein du trio de la police criminelle en poste. Petit à petit, le lieutenant avait découvert un subalterne dévoué qui ne demandait qu'à apprendre les ficelles du métier. Piot étant une personne servile, Mathieu avait vu en lui un cobaye pour son futur commandement. Le seul défaut qu'il lui reconnaissait à ce jour était cette admiration profonde pour le boss qui avait tenu, contre vents et marées, à l'intégrer dans le groupe. Cela avait été insupportable pour le lieutenant à l'époque mais il avait dû faire avec et s'en était accommodé depuis.

— Négatif.

— Ah, merde.

— Comme vous dites.

— Qu'est-ce que vous envisagez ?

— Avancer.

— Ah. Vers où ? s'étonna Piot.

— Comment ça vers où ? Mais vers les échelons, pardi, avec le rattrapage dans quatre-vingt-dix jours et je commencerai dès ce soir.

— Votre date concorde alors avec la mienne. J'ai reçu ma convocation à la maison lundi. Nous pourrions réviser ensemble si cela ne vous dérange pas.

— Mais de quoi parlez-vous, Piot ?

— De mon concours interne pour passer lieutenant. C'est le commandant Dorman qui me l'a conseillé lorsque j'ai rejoint l'équipe.

— Pas au courant.

Je ne suis pas étonné. Toujours fidèle à lui-même. Une fixette en mode continu sur sa propre personne, se dit Piot en dévisageant Mathieu.

— Alors, vous acceptez ?

— Quoi ?

— De réviser ensemble.

— Pas besoin. J'ai validé la théorie. C'est la pratique que je dois repasser. Il faut que je m'entraîne au stand de tir.

— Moi aussi. Nous pourrions y aller ensemble puisque nous sommes souvent en duo dans les enquêtes que nous confie le chef. Ce serait plus simple. Une pause et, hop, un carton.

Mathieu réfléchissait.

L'idée est loin d'être bête, pensa-t-il. Le temps imparti à l'entraînement sera décompté des heures de service et n'empiétera pas sur le repos hebdomadaire. Je ne serais pas obligé de rentrer tard le soir pour sauver le week-end. Je pourrais seconder sa femme et m'occuper de ses gosses à la maison en supervisant les devoirs, surtout ceux de l'aîné qui pense plus aux filles qu'à son avenir. Pendant le boulot, je jouerai au supérieur hiérarchique avec Piot, un autre entraînement qui me servira par la suite. Si tous les deux nous réussissons les épreuves, je le garderai à mes côtés puisque je l'aurai formé à ma vision de mener une affaire. Duharec sera tenu à s'incliner devant la suggestion puisque je serai un grade au-dessus d'elle et comme Dorman aime enquêter avec elle, ce ne sera pas un problème.

— J'accepte votre proposition, brigadier, répondit Mathieu en insistant sur le mot brigadier, montrant ainsi qu'il se situait un barreau au-dessus de lui sur cette échelle aux échelons pas si facile que ça à grimper. Et je vous ferai réviser la théorie dans la voiture au besoin.

Comme ça, je n'aurais pas besoin de replonger mon nez dans les bouquins à énumérer les articles de loi par cœur pour contrer le patron, pensa-t-il. Il sera mon magnétophone ambulant.

— Merci, lieutenant, répondit Piot en songeant à Benjamin, son fils de 23 mois.

Il aurait enfin du temps pour jouer avec le bambin en rentrant à une heure convenable. Sa compagne apprécierait.

— Ne me remerciez pas maintenant. Tenez, allons prendre un café et mettons en pratique ces bonnes dispositions. Nul réclame notre présence en ces lieux, nous irons au sous-sol tirer quelques balles après avoir bu l'énergisant.

Mathieu, imbu de lui-même et satisfait de sa repartie, regarda s'éloigner un Piot souriant et prit son arme de service dans le tiroir. Habitué à la déférence que ses amis lui témoignaient de par sa fonction, le lieutenant était loin d'imaginer que le sourire du brigadier ne lui était pas destiné.

VII

11 heures.

Une semaine pour solutionner et convaincre.

Deux heures pour triompher.

Son rendez-vous était terminé. À cet instant précis Karl Vandermeer jubilait. Il était le maître de l'univers. Il avait un tel excès de confiance en soi que ce sentiment irradiait par tous les pores de sa peau. Son pouvoir de persuasion inondait l'esprit sans défense qui finissait par confondre désir et réalité. Le médecin avait l'ascendant sur le faible en prononçant les mots trompeurs. Dans ces moments-là, il ressentait son métier comme une jouissance infinie.

Il alla fermer la porte du cabinet à double tours et se réfugia dans ses appartements privés. Bien qu'il fût encore tôt, il jugea qu'il pouvait fêter l'événement avec une large dose de whisky sans glace.

Minutes solennelles dans le salon.

Il fit miroiter le liquide ambré dans le verre en cristal et ferma les yeux. Debout, au milieu de la pièce, il visualisa la scène qui se produirait sous peu.

VIII

14 heures.

La Mercedes blanche longea la file de voitures garées le long du canal de la Seine, tourna sur sa gauche et s'engouffra dans le parking souterrain de la cathédrale.

Stationnement en travers.

Empiétement sur la place voisine.

Dominique Pinota claqua la portière. La force qu'elle y mit démontra son énervement aux caméras de surveillance. Elle fonça vers la sortie en dédaignant l'ascenseur. Elle n'avait que quelques marches à grimper vers le monde extérieur où se donnaient à voir les vitrines décorées avec de jolies boules peintes, des guirlandes multicolores et des automates rouges et blancs représentant des Pères Noël dodus et rougeauds, un embellissement des rues suscitant l'émerveillement des petiots.

Mais pourquoi est-ce que je me comporte ainsi ? se demanda-t-elle en avançant dans la rue Émile Zola, luttant contre la température glaciale en allongeant le pas. Elle croisa les bras sur son ventre, maigre barrage contre un vent sibérien.

Avec son pantalon droit en laine gris chiné, ses escarpins bleu marine et son cardigan noir, elle tremblait de froid.

Qui pourrait croire que cette foutue veste contient du mohair ? se lamenta-t-elle. Si j'avais su j'aurais enfilé mon vison. Je vais attraper la grippe en me sacrifiant pour une poignée d'imbéciles. Quelle idée a eu Yasmina d'offrir un présent pour Noël à ces va-nu-pieds ? Et quelle gourde je suis d'avoir accepté de m'occuper des achats ! Cela ne me ressemble guère, pourtant. Parfois, on dirait qu'à son contact, je m'humanise. Je dois retrouver mon self-control au lieu de larmoyer comme une idiote. J'ai des dépenses autrement plus importantes en cette fin d'année que ces insignifiantes babioles qui rempliront la hotte du secours catholique. Bon, faisons acte de civilité. Autant allier le désagréable à l'utile. Je vais en profiter pour repérer dans les boutiques d'éventuels cadeaux qui plairaient aux Jouves et aux Leplot.

Elle avait consenti à cette demande expresse en guise de bonté d'âme. Le budget de l'association étant serré, elle n'avait pas l'intention d'y être de sa poche. Afin de ne pas être prise au dépourvu, elle avait glané auprès de ses amies des renseignements forts utiles dans ce genre de mission. Ces dernières lui avaient donc recommandé le magasin le moins cher du centre-ville. En franchissant le seuil dudit magasin, elle ne fut point déçue. Sac Longchamp à l'avant-bras, elle découvrit, dès l'entrée, une sorte de caverne de Ali baba où le slogan « deux euros maxi » écrit sur une banderole en lettres noires sur fond jaune interpellait le client comme une enseigne lumineuse dans la ville des States qui ne dort jamais.

Le Las Vegas du pauvre. L'illusion du besoin indispensable, songea Dominique Pinota en embrassant du regard les objets entassés pêle-mêle et rangés par catégories d'après ce qu'elle lisait sur les écriteaux. Elle s'arma de courage en furetant dans le premier bac comportant des sous-vêtements et des chaussettes.

Vestiges de la splendeur troyenne, pensa-t-elle. À toucher le tissu, les maillots de corps ont sûrement une provenance asiatique.

Elle chercha l'étiquette.

Bingo ! Je l'aurais parié. Une évidence dans un endroit pareil, se dit-elle. On ne trouve que de la camelote mais je m'en moque éperdument tant qu'on ne m'oblige pas à porter ce genre de vêtements.

De ses doigts gantés de cuir, elle saisit une paire de chaussettes taille 40-42 en grosse laine marron foncé et la lâcha avec un geste dédaigneux dans le panier qu'elle avait récupéré en tête de gondole.

Et d'un ! s'exclama Dominique Pinota, surprenant les acheteuses qui se trouvaient en face d'elle. Au suivant ! comme dirait Jacques Brel.

Elle soupira en s'attaquant au deuxième bac.

IX

17 heures 30.

Ses mains tremblaient un peu depuis qu'il marchait. Il avait froid, trop froid. Il n'aimait pas l'hiver qui recouvrait de givre l'herbe et la faisait mourir ; l'hiver qui gelait l'eau des ruisseaux ; l'hiver qui cloîtrait les animaux dans les forêts profondes. Il préférait l'été. Il aimait écouter le chant des oiseaux ; il aimait regarder les insectes butiner et les papillons voleter ; il aimait le soleil qui lui brûlait la peau et ici, loin de chez lui, il avait vraiment trop froid mais il avait obéi. Il avait consenti à sortir.

Il replia le bout de papier qui lui avait été confié en insistant sur les pliures avec son index droit. Il remit dans la poche de son vieil anorak ce talisman qui lui ouvrirait la voie par lequel les voix cesseraient. Les mots sortiraient enfin de son crâne. La voix avait promis. La voix ne se trompait jamais. Il avait entendu le message de la voix. Il avait confiance en la voix. Il serait enfin libre de penser.

Il grimpa la côte en dépassant quelques pavillons paisibles jusqu'à ce qu'il arrivât à destination. Il observa la maison. Glacé jusqu'aux os et les membres raides de fatigue, il actionna le loquet du portillon. La voix ne le trompait pas. Il entra dans le jardin et contourna la bâtisse par la droite.

Les voix continuaient à lui répéter inlassablement : tu dois tuer la mère, tu dois tuer la mère, tu dois tuer la mère... Il branla la tête pour chasser les phrases qui se succédaient dans son cerveau, ces phrases qui empoisonnaient son existence depuis trop longtemps.

Il suivait la voix. Il comprenait la voix.

Il était devant la porte vitrée. Il chercha une pierre du côté de la clôture mitoyenne, sous les thuyas. Il prit la plus grosse qu'il trouva et la lança devant lui. Le carreau ne résista pas à l'impact du bloc de silex. Il envoya un puissant coup de pied au niveau du trou, passa le bras au travers de l'ouverture pour débloquer le loquet identique à celui du portillon et dégagea la porte donnant accès à la véranda. Bien qu'il se fût écorché aux éclats de verre pointus, il n'en ressentit aucune douleur. Des gouttes de sang perlèrent sur son poignet et finirent par atterrir sur le carrelage. Il marcha dessus, peignant d'hémoglobine les débris de verre tombés sur le sol.

Les voix lui martelaient toujours le crâne : tu dois tuer la mère, tu dois tuer la mère, tuer la mère...

Il tourna la poignée de la deuxième porte comme lui avait indiqué la voix. La voix ne lui avait pas menti. Il l'ouvrit sans aucune difficulté. Il entendit des sons qui se mêlaient aux voix. Il devait s'en approcher car la voix lui avait dit ce qu'il devait faire. Il devait aller jusqu'à la lumière bleutée. La voix avait toujours raison. La voix savait. Il avança à tâtons dans la pénombre. Il n'avait pas peur. Il devait se dépêcher pour être libéré des voix qui répétaient toujours les mêmes mots : tuer la mère, tuer la mère...

Il se prit la tête entre les mains.

Il voulait que ça s'arrête.

Il gémissait en avançant.

Il marmonna une litanie incompréhensible au fur et à mesure qu'il se dirigeait vers les sons perçus. Les sons le guidaient. Puis il la vit, immobile, vêtue d'un pantalon et d'un chandail.

Elle était là, dans son fauteuil relax en simili cuir, les jambes à peine relevées, somnolente devant un feuilleton télévisé, ses appareils auditifs posés sur l'accoudoir de gauche. Il arriva dans son dos. Elle ouvrit brusquement les yeux lorsqu'il lui entoura le cou avec un foulard rose. Surprise par la rencontre, elle se débattit en tapant des pieds et en brassant l'air avec ses mains ridées mais déjà elle suffoquait, ouvrant la bouche, tirant la langue en une grimace grossière, respirant avec difficulté comme un poisson hors de l'eau. Ses globes oculaires gonflèrent sous l'étreinte du meurtrier. Elle ressembla bientôt à un poisson-globe avec sa figure bouffie et violacée. Elle voulut crier mais les sons restèrent bloqués au fond de sa gorge. Elle essaya de s'accrocher aux bras du criminel, de se soustraire à son étreinte mortelle. Elle ne fit qu'égratigner la peau de ces doigts meurtriers.

Pourquoi moi ? se demanda-t-elle. Qu'est-ce que j'ai pu faire pour mériter la mort ?

Il serra un peu plus dans l'affolement. Un os craqua. Plus les voix lui disaient de tuer la mère, plus il serrait, plus son sang s'écoulait de sa plaie et se répandait autour de lui, maculant le mobilier et la vieille femme qui était en train de se cramponner à son fauteuil dans un ultime effort. Il serra une dernière fois le corps inerte de sa victime et lâcha le tissu. Il repartit comme il était venu, laissant derrière lui des taches rouges sur le parquet.

Dans la rue, il s'épongea la main avec le mouchoir en papier qu'il avait gardé dans la poche de son pantalon. Il aurait dû s'en servir pour ne point se blesser. La voix le lui avait dit. Il n'avait pas écouté la voix. Il n'avait pas mal.

Il descendit la côte en se tenant le bras jusqu'à la voiture. La personne qui l'attendait ouvrit la portière côté passager. Elle lui tendit une boisson. Il attrapa le gobelet en plastique préparé très tôt par la femme aux cheveux emprisonnés dans un bonnet de laine qui portaient une drôle de paire de lunettes de soleil.

— Bois, dit-elle. Tout ira mieux.

Elle lui glissa un flacon dans la poche de son anorak

— Garde-le. Tu le finiras plus tard. Tu as une semaine pour le terminer jusqu'à la dernière goutte. Tu feras comme d'habitude.

Il la regarda, confiant.

Elle boucla les deux ceintures de sécurité et démarra.

Il se laissa bercer par la musique relaxante diffusée dans l'habitacle. Il ferma les yeux.

Les voix n'étaient plus qu'un murmure.

Les voix se mêlaient aux gazouillis des pinsons jasant dans un sous-bois que diffusaient les haut-parleurs de la voiture.

Les voix s'éloignaient doucement.

Il allait être libre de penser.

X

20 heures.

Les deux D étaient chacun dans leur chambre à lire leurs e-mails. Ce fut Duharec qui termina la première et vint toquer à la porte de Dorman restée ouverte.

— Que pensez-vous de l'attitude de Mathieu, patron ?

— Raisonnable.

— Mais encore ?

— Nous avons évité le pire. Sa réaction devant la défaite aurait pu être terrible. Nous aurions pu assister à un petit caca nerveux venant de sa part face à la déconvenue. Inclure Piot va lui être bénéfique. Une bonne stimulation.

— Si vous le croyez.

— Je le crois, effectivement.

— Bon. Je ne vous contredis pas. Des annonces intéressantes ?

— Moyen, et vous ?

— Idem. On continue à chercher pendant nos virées ?

— Affirmatif. On continue. On fait comme la semaine dernière. On cherche.

— Il va falloir conclure si nous ne voulons pas coucher sous les ponts.

— Qui a pris la décision de donner le préavis à l'agence immobilière de Sainte Savine ?

— C'est moi.

— Alors ?

— Je m'y colle de nouveau, à ces recherches.

— Voilà.

C'était le mot de la fin. Morgane capitula.

Vendredi 24 novembre

XI

8 heures 30.

Madame Chamberline ! Ouvrez-moi ! C'est Catherine ! criait Mademoiselle Abdellaoui en tambourinant sur la porte d'entrée à s'en blanchir les phalanges. Hou ! Hou ! Madame Chamberline ! C'est votre coiffeuse, Catherine !

La jeune femme, excédée, posa son nécessaire de coiffure sur le perron. Dix minutes qu'elle attendait que la porte s'ouvrît. Cette attente commençait à lui taper sur les nerfs à la puissance dix.

Elle est sourde comme un pot en prenant de l'âge, maugréa-t-elle en s'obstinant à cogner sur la porte. Je me gèle dehors et je prends du retard sur la tournée. J'étais arrivée tôt pour lui faire sa permanente aujourd'hui. J'ai accédé à son caprice d'être la première sur ma liste et voilà que j'aspire à ce qu'elle daigne déverrouiller cette foutue porte. Elle va comprendre qu'on ne me manipule pas de cette façon. Elle aura juste droit à un shampoing et une mise en plis, et pas question de rouspéter. L'acariâtre mégère ira voir ailleurs si elle continue à vouloir commander le monde. Ma serviabilité a des limites et, là, elle vient de les atteindre, mes limites. Mais à quoi joue-t-elle donc la tatie Danielle ce matin ? Elle sait parfaitement qu'une permanente, c'est long. Ce n'est pas la première fois que je lui en fais une.

Considérant que son appel s'avérerait infructueux, Catherine Abdellaoui décida de se montrer aux carreaux d'une des fenêtres pour avertir la vieille dame de sa présence. Elle se déplaça sur la gauche pour atteindre la vitre de la cuisine.

L'accessibilité était à l'épreuve des voleurs.

Enfonçant les semelles de ses bottes dans la pelouse détrempée par les orages de la semaine précédente, elle dut se hisser sur la pointe des pieds en s'aidant avec l'appui de fenêtre pour découvrir une pièce inoccupée.

Eh zut ! Pas de bol ! Elle a fini de déjeuner, la vieille ! s'exclama Catherine Abdellaoui en rebroussant chemin.

Son exaspération monta d'un cran.

Madame Chamberline, gueula-t-elle d'une voix retentissante sachant que sa cliente était sourde comme un pot. Je passe par-derrière. Ne vous inquiétez pas !

J'espère qu'elle n'a pas eu la lubie de changer la clé de place avec sa hantise d'être cambriolée, songea-t-elle en s'engageant dans la contre-allée sur la droite. Il n'y a qu'elle pour envisager le vol des vieilleries qu'elle entasse. Personne en voudrait, y compris Emaüs. Même moi, si elle me les donnait, je ne les récupérerais pas. Ah ! Voici le pot du dénouement qui doit être sacrément lourd avec la flotte qui est tombée.

Avec sa main droite, elle bascula le baquet en zinc dans lequel s'accumulaient les feuilles mortes d'un géranium lierre, et avec sa gauche, elle attrapa le trousseau salvateur caché dessous lequel consistait en un vulgaire anneau comportant deux clés : celle de la boîte aux lettres et celle de la porte communiquant entre la maison et la véranda. Étant donné le poids du baquet, elle le lâcha d'un coup, écrasant par ce geste brutal une tige pourrissante qui répandit autour d'elle un liquide visqueux.

— Tant pis, ça repousse, et la vieille ne s'en apercevra pas, dit-elle en s'adressant à la plante à moitié crevée.

Elle exhiba fièrement son trophée.

Ah nous deux, la Chamberline !

Elle se dirigea vers l'arrière de la maison, pointant son bras tendu armé de la précieuse clé tel un chevalier affrontant son adversaire au cours d'un tournoi.

Sa hardiesse ne dura pas longtemps.

Elle stoppa net face aux deux portes béantes, le verre brisé et les taches de sang.

La mauvaise heure au mauvais endroit. Ils sont cons ces journalistes de tenir des propos pareils quand on n'est pas confronté à la situation, jugea-t-elle. C'est facile à dire derrière la caméra. Il faut bien que je vérifie l'importance des dégâts et savoir comment elle va. C'est une vieille peau mais j'ai pitié d'elle. Tous les volets sont relevés. Le cambriolage a dû se produire aux aurores ou alors pendant la nuit et dans ce cas les voleurs auront actionné le mécanisme des volets roulants afin d'obtenir un peu plus de clarté. Quand je pense que je lui avais conseillé de ne pas les changer, que c'était idiot de sa part d'avoir été influencé par le vendeur. C'est moins discret de montrer sa tronche à la fenêtre pour pousser un volet bien lourd, et voilà où j'en suis, à la secourir, histoire d'avoir la conscience tranquille.

Et la curiosité étant la plus forte elle l'emporta sur l'inquiétude. À trente ans, elle eut ce faux courage. À pas de loup, elle pénétra dans le corridor desservant les différentes pièces du rez-de-chaussée.

Elle perçut des voix. À leurs timbres, elle comprit qu'elles provenaient du téléviseur allumé et qu'avant de l'atteindre, il lui faudrait traverser le long couloir desservant les différentes pièces du rez-de-chaussée.

Elle marcha vers la cuisine sur la pointe des pieds, se voulant aussi légère qu'une plume. En passant devant la salle de bains sur sa gauche, elle se hasarda à regarder.

Négatif.

Le fait d'entendre le poste récepteur de télévisions ne la rassura qu'à moitié. Prudente, elle se mit en quête d'un objet contendant. Elle jeta son dévolu sur le chaudron en cuivre contenant les cannes de sa cliente. Elle en attrapa une, la soupesa et estima que la dureté du bois résisterait bien à une éventuelle attaque.

Un assaut que je redoute, admit-elle, mais quand il faut y aller, il faut y aller.

Elle regretta d'avoir fait sa coquette en s'habillant avec une robe moulante au lieu d'un pantalon. Cette tenue était inappropriée à présent. Elle se sentit engoncée dans ces vêtements. Elle évalua la difficulté à se défendre.

Si un voleur est dans les lieux, je serais à sa merci, une proie facile. Je ne serais pas en mesure de lutter contre une agression, raisonna-t-elle. Je fais moins la maline maintenant que je suis à l'intérieur et si j'appelle la vieille, je me signale bêtement. Dans les films, on voit souvent des personnes âgées bâillonnées et attachées pour leur soutirer les codes de la carte bleue et la cache des bijoux. La Chamberline, elle raconte qu'elle est pauvre comme Job mais je commence à en douter. Eh merde ! Qu'est-ce qui m'a pris d'entrer ! J'aurais mieux fait de rebrousser chemin tout à l'heure mais j'avoue que ce suspens fait monter l'adrénaline. C'est complètement délirant et enivrant.

Catherine Abdellaoui s'aventura dans la chambre de la propriétaire sur sa droite.

Vide.

Elle ignora l'escalier qui menait à l'étage.

Elle arrivait presque au bout du couloir. Elle touchait au but. Elle allait enfin savoir.

Elle retint sa respiration. Il ne restait que deux pièces à inspecter à ce niveau. Elle entra dans la cuisine. Elle était vide aussi.

Elle a peut-être disparu ? se demanda-t-elle en se dirigeant vers l'endroit d'où lui parvenaient maintenant les sons distincts du petit écran mais elle douta de sa supposition. Les taches de sang étaient plus nombreuses qu'à l'entrée et présageaient qu'un drame s'était bel et bien produit dans la maison. Elle se hasarda à avancer d'un pas vers le salon et là, elle la vit, les doigts crispés sur le fauteuil.

Coup d'œil circulaire rapide.

Pas de danger en vue.

Elle s'approcha doucement par-derrière, craignant de la réveiller et lorsqu'elle se pencha vers elle pour la secouer, elle poussa un hurlement inhumain à la vue du visage hideux qu'avait pris Madame Chamberline dans le sommeil éternel.

Des yeux vitreux injectés de sang regardaient la spectatrice en lui tirant la langue, se moquant de l'effroi que procurait la vision cauchemardesque de son cadavre. La morte se foutait de la gueule des vivants en infligeant le spectacle de son décès à qui la contemplait. Un pied de nez à la vie.

Catherine Abdellaoui n'eut pas l'âme d'une héroïne de romans policiers. Elle recula aussitôt la peur au ventre. Elle hésita dans sa retraite entre courir et courir. Elle avait l'impression de progresser vers le perron avec les yeux à 180°, le devant dans le dos, à l'affût d'un assaillant quelconque.

À l'extérieur, le moindre crissement sur le gravier provoqué par ses propres souliers résonnait dans ses tympans et la faisait sursautait. C'était pathétique. Soulagée d'avoir retrouvé ses affaires, elle attrapa son barda en vitesse et courut vers sa voiture. Elle s'enferma dès qu'elle se fut assise sur le siège avant et composa d'un geste fébrile le 17 sur son smartphone. Elle déclina son identité, communiqua l'adresse du drame et démarra de suite après qu'elle eut raccroché, n'ayant pas l'intention de rester une seconde de plus.

Illico presto.

Trois kilomètres plus loin, elle réalisa qu'elle avait glissé le trousseau de clés dans la poche de sa robe lorsqu'elle avait pris la canne. Elle haussa les épaules et chercha une brasserie afin d'avaler une boisson forte. Il lui fallait un remontant après cette macabre découverte.

XII

9 heures 15.

— Belle baraque pour le coin ! Juchée sur le talus, guettant au loin le danger telle une forteresse inviolable ! Trois niveaux si je compte le grenier ! Elle domine les toits avec un petit air supérieur, s'extasia Morgane qui s'était arrêtée sur le trottoir en découvrant la demeure. Elle est très originale avec son avancée à pans coupés. Est-ce qu'on dit octogonal, patron, dans ce cas ?

— Je ne suis pas architecte, Duharec, je suis flic, répondit Dorman avec une voix cassante, n'étant pas d'humeur à discuter architecture, ce meurtre déstabilisant son programme du week-end. Et si vous aviez l'intention de l'acheter, il va falloir patienter puisque la maîtresse de maison est morte. Au cas où vous l'auriez oublié, nous avons une scène de crime et si vous restez planté là, à tirer des plans sur la comète pour une hypothétique acquisition inaccessible, le lieutenant Mathieu va vous damer le pion et vous ne serez pas contente, je vous connais. Regardez-le comme il file devant nous avec le brigadier Piot à sa suite.

Il l'obligea à bouger en tirant la manche de son blouson.

— Je contemple la beauté du lieu, patron : une plantation d'arbres que je suppose fruitiers en vue des confitures amoureusement cuisinées, une pelouse qui a été entretenue pendant l'été car l'herbe n'a pas repoussé depuis et des rosiers taillés récemment qui refleuriront au printemps prochain. C'est un beau jardin qui se laisse admirer même en hiver.

— Vous arrivez à reconnaître tout ça en observant des branches dénudées, vous ? À moins d'être un expert en la matière, pour les épines des rosiers, je veux bien, mais pour les fruits, le doute m'assaille, chère collègue. Il nous manque les feuilles qui aident le commun des mortels à les différencier, vos arbres.

— J'imagine, patron, je les désigne suivant mes préférences, et être en mission ne nous empêche pas de nous renseigner sur une vente possible.

— Avec un cadavre ensanglanté à l'intérieur, vous n'êtes pas superstitieuse, Duharec. Vous n'avez pas peur que le spectre vienne vous hanter la nuit avec des plaintes lugubres.

— Égorgé, vous croyez ?

— Je n'en sais rien, c'est une façon de parler, Morgane, et en attendant de voir notre victime, faites donc attention où vous mettez les pieds. La terre est mouillée. Il ne faudrait pas que vos empreintes se confondent avec celles du tueur, et avancez un peu, les comparses nous font signe.

Le lieutenant Mathieu agitait ses bras dans tous les sens. Il moulinait à tout va. On aurait cru qu'il émettait un message en sémaphore alors qu'en réalité il intimait un ordre au brigadier Piot de par ses gestes saccadés. Il lui montrait les traces de pas dans la pelouse à photographier.

— Qu'avons-nous ? demanda Dorman en les ayant rejoints.

— Des marques dans l'herbe que Piot immortalise sur la pellicule. Pas très grandes, semelles petites et étroites, certainement celles de la femme qui nous a contactés, à moins que ce soit celles d'une tueuse, c'est une éventualité, en tout cas, la femme, elle, reste introuvable.

— Comment ça, introuvable, Mathieu ?

— Nous l'avons appelée à plusieurs reprises sans résultats. Vous avez dû nous entendre d'en bas, non ?

— Si peu.

Le commandant mentait. Il avait très bien perçu les appels du lieutenant mais il avait préféré attendre que Morgane ait terminé sa contemplation. Il en avait déduit qu'un jardin potager serait indispensable dans la nouvelle acquisition. La fermette croisée sur la route, en venant, qui exhibait son panneau « à vendre », devait en posséder un. Noter le numéro de téléphone au retour, s'était-il dit. Il suivait son idée.

— Soit dit en passant, vous avez pu constater en arrivant qu'il n'y a pas de voiture garée devant le portillon à part la nôtre, ajouta Mathieu. Elle a dû se barrer. Comme elle a laissé ses coordonnées au central, elle a dû juger que cela suffirait.

— Elle a pu se garer à un autre endroit si elle a eu la trouille, suggéra Morgane. Nous ne l'aurons pas vue en arrivant, obnubilés que nous étions à lire les numéros sur les portails.

— À qui la faute, contra Mathieu.

Morgane lui lança un regard noir à vous figer sur place. Elle avait horreur des GPS qui vous orientaient souvent vers des départementales étroites sur lesquelles doubler s'apparentait à un challenge. Elle préférait, et de loin, une bonne vieille carte routière qui ne vous trahirait pas au prochain tournant. Mathieu le savait et il la singeait devant le boss.

— Les gens n'aiment pas témoigner de nos jours. Ils craignent les représailles. C'est le côté malsain des médias qui leur embrouillent le cerveau et nous mettent des bâtons dans les roues, conclut Dorman, fataliste, pour désamorcer la querelle naissante. Il faut faire avec. Entrons pour voir.

Le commandant s'apprêtait à tourner la poignée lorsque Mathieu l'interrompit.

— Inutile, patron, c'est bouclé. On a essayé avant vous.

— D'où l'arrière.

— Exactement.

— Bon, va pour l'arrière. Avez-vous fini, Piot ?

— Oui, chef, j'arrive.

— Photographiez donc ça aussi au passage, annonça Dorman en signalant la tige écrasée qui salissait les gravillons. Les cailloux forment un rond humide qui ne correspond pas à l'emplacement du pot. Sûr qu'il a été déplacé. Chaque indice a sa côte dans l'échelle des valeurs. Nous trierons au QG. Bien entretenue, vous disiez tout à l'heure, se moqua-t-il en se retournant vers le lieutenant Duharec qui marchait derrière lui.

De nombreuses échelles existent, pensa Mathieu, et cela dépend de laquelle on se sert : échelle de notes, échelle de jardinier, échelle de couvreur, échelle de la hiérarchie, on a que l'embarras du choix, le tout est de ne pas louper le barreau sinon gare à la chute, et comme dit le proverbe : plus le singe monte haut, plus il montre son derrière. Non, en fin de compte, c'est une ânerie. Ce proverbe ne s'applique pas à tout le monde et surtout pas à moi, à Piot, peut-être, à Duharec, cela va sans dire, au boss qui s'agrippe, c'est une certitude.

Le commandant avait responsabilisé le brigadier depuis son intégration dans l'équipe en lui ayant offert la possibilité d'endosser le rôle de photographe ce qu'il accomplissait merveilleusement bien. Ses cadrages et ses macros valaient ceux des reporters professionnels. Il en avait fait pâlir plus d'un au commissariat et il était fier de ses exploits. Ceux qui avaient catalogué son travail d'amateurisme à ses débuts ne se gaussaient plus guère.

Piot photographia aussi la porte vandalisée.

— Il est drôlement futé, notre criminel, ironisa Mathieu. Il nous trace la voie avec les gouttes de sang par terre.

— Pas étonnant que la femme ait eu peur, ajouta Morgane.

— Confronté à la réalité, l'instinct primitif refait surface et la fuite s'impose, compléta Dorman. Évitons de piétiner l'hémoglobine et suivons les cailloux rouges du petit Poucet. Ne lésinez pas sur les photos, Piot. Ne vous en privez pas. Allez-y franchement sur l'étalement du sang qui a séché. Les orientations des gouttes nous apprendront peut-être quelque chose.

— Elle est là, signala Mathieu. Dans son fauteuil et ce n'est pas beau à voir.

— Un meurtre n'est jamais beau, déclama Dorman en entrant dans la pièce.

Le commandant se retrouva dans ce qui avait dû être jadis un immense salon d'au moins 70 m2. Le mobilier de style Henry II se composait d'une table ronde protégée par une toile cirée laquelle avait été poussée contre un mur avec deux chaises autour, d'un vaisselier rempli de livres et de magazines à la place des assiettes, et d'une armoire à linge qui devait contenir, quant à elle, la vaisselle dissimulée. Le téléviseur toujours allumé était posé sur un meuble bas en aggloméré imitation chêne qui ne trompait personne sur l'année de sa fabrication. À côté de lui séchaient des bas de contention sur un étendage en inox. Avec son papier peint en faux parement de pierres, l'envie de quitter ce décor sinistre vous sautait à la figure.

Morgane s'approcha du corps. Le napperon en coton beige qui servait de têtière était tombé dans la lutte. Il avait été piétiné pendant l'attaque. Elle le ramassa, le regarda attentivement et le mit dans le sachet en plastique transparent qu'elle avait sorti de la poche intérieure de son blouson.

— De la terre, des restes de feuilles et de minuscules cailloux qui proviennent sûrement de l'allée, dit-elle.

— La scientifique nous le confirmera, dit Dorman.

Morgane se déplaça sur la gauche pour étudier la victime de près.

— On l'a échappé belle, j'ai failli écraser des sonotones ! Je ne les avais pas vus.

— Bousiller des pièces à conviction va arranger les collègues, persifla Mathieu.

Morgane, furibonde, s'empressa de les ranger dans un autre sac en plastique transparent.

Avoir raté son examen n'excuse pas tout, pensa-t-elle.

— Drôle de tenue pour une grand-mère, patron, ce pantalon à carreaux vert et bleu, et ce gilet à pois noir et blanc, s'étonna-t-elle. Bien que j'affectionne les vêtements bariolés, lorsque j'aurais franchi le cap des soixante-quinze ans, je ne suis pas sûre que je m'y aviserai encore.

— Les goûts et la mode ne sont pas à l'ordre du jour, se contenta de répliquer Mathieu. J'appelle Leblanc, chef ?

— Affirmatif et la scientifique aussi.

Le lieutenant sortit pour téléphoner pendant que Piot s'activait à zoomer les nombreux détails signalés par les deux D. C'était surtout Morgane qui désignait au brigadier les éléments prometteurs. Perfectionniste, elle avait le souci de dénicher sur les lieux d'un meurtre ce précieux indice qui faisait basculer une enquête, cet élément insignifiant qui devenait crucial au moment où la brigade s'y attendait le moins. Aussi, elle répertoriait mentalement la scène et aimait se référer plus tard aux visuels récupérés afin de confirmer sa certitude.

— Il arrive, annonça Mathieu en revenant. Je suis sorti par l'entrée principale. Les clés étaient sur la porte. Rien de suspect à première vue. J'ai laissé entrebâillé pour les collègues. Cela évitera de contaminer plus le couloir et l'arrière du jardin.

— Bonne initiative à votre actif, lieutenant. Tiens, soutenez donc la tête de la victime pendant que Duharec lui retire le foulard, exigea Dorman.

Il n'aurait pas pu le faire lui-même, pensa Mathieu au lieu de me l'ordonner à mon retour. Il lui faut un larbin pour les basses besognes au chef. Et si nous n'étions pas là, comment il ferait, le boss ?

— Patron, ça coince, annonça Morgane.

— Basculez-la vers vous, Mathieu, en dégageant le cou et tirez franchement dessus, Duharec, elle ne risque pas d'avoir mal. Ce foulard est notre arme.

— Vous croyez que c'est le sien, chef ?

— Il y a de grandes présomptions pour qu'il le soit mais ne vendons pas la peau de l'ours avant de l'avoir tué. Laissons les spécialistes faire leur boulot, nous, on empaquette le gros, le brutal, à eux le minutieux, l'infime.

— En tout cas, je trouve que le rose valorise mieux la carnation de son teint que le bleu.

— Aux personnes de couleur, toutes les teintes vont, précisa Mathieu en accord avec elle pour une fois, et j'ajoute que la haute couture emploie souvent les mannequins pour la pigmentation de leur peau, c'est connu.

— Je ne contredis pas ton jugement, enchaîna Morgane, mais j'estime que les couleurs rouge orangé embellissent plus les peaux mates. En revanche, teindre en blond des cheveux frisottés coupés très courts me choque, surtout à son âge.

— Ayez l'obligeance de me prévenir, vous deux, lorsque vous aurez fini de parler chiffon et coiffure ! s'emporta d'un coup Dorman qui ne supportait plus leurs piques mutuelles. Notre récolte consiste à avoir trois malheureuses prises : un foulard au sang séché, un napperon sale et des appareils auditifs restés intacts in extremis. Il n'y a pas de quoi pavoiser, vous deux. Les autres vont encore insinuer que nous les attendions pour démarrer nos investigations sous prétexte que nous ne voulions pas contaminer la scène de crime. Heureusement que Piot nous seconde avec frénésie. Il y en a au moins un qui bosse. Vous êtes où, brigadier ?

— Je suis dans la chambre de la victime, derrière vous, rez-de-chaussée, au bout du couloir à droite.

— Alors ?

— Rien de spécial, justement. Tout est en ordre, trop bien rangé, cria-t-il. Le lit est fait et croule sous les coussins aux points de canevas. Une chambre de vieux qui sent le renfermé avec des meubles de vieux comme dans l'autre pièce, et des traces de moisissures au plafond. La pièce ne doit pas être aérée souvent. L'air frais, elle ne connaît pas. Les chaussures sont là, rangées sous la coiffeuse. Il y a un prie-Dieu.

— D'où les charentaises aux pieds qui contrastent avec les fringues comme dirait Duharec. Je note et j'inscris bigote à ses heures perdues pour s'acheter une place au paradis.

Le commandant avait pris soin d'entamer un de ces fidèles cahiers noirs ramenés d'Angleterre. Depuis ses vacances avec Morgane sur les terres du Roi Arthur, il refusait les blocs-notes fournis par l'administration. Leurs feuilles détachables étaient tellement volatiles sous ses doigts qu'il finissait toujours par les perdre ce qui était gênant pour la suite de l'enquête. Son cahier sous le bras, il commença à arpenter les différents endroits de la demeure et à noircir les pages d'une écriture en pattes de mouche au fur et à mesure de ses déplacements.

Garder des pages vierges jusqu'à la résolution de l'assassinat.

Chassé croisé de Mathieu, Piot, Dorman et Duharec.

La danse des policiers à travers la demeure s'arrêta avec l'arrivée du médecin légiste. Ne dérogeant pas à ses habitudes, Pierre Leblanc, en costume trois-pièces bleu marine et cravate assortie, un chauve de soixante ans, célibataire de surcroît, mesurant son 1 m 70 pour 65 kg, salua l'équipe en levant bien haut sa fidèle mallette métallique dont il souffrait de s'en séparer ne serait-ce qu'une seule seconde. À son attitude joviale par rapport aux autres, il n'y avait que lui pour ne pas étiqueter le week-end d'un « foutu » qualificatif. Il se réjouissait à l'idée de résoudre une nouvelle énigme un vendredi matin. Dépecer un macchabée et peser les viscères étaient sa motivation. Il aurait couché à l'institut médico-légal sans y prendre ombrage si les circonstances dans une affaire réclamaient sa présence in situ. Proche de la retraite, il repoussait l'échéance mois après mois ce qui n'était pas pour déplaire au commandant Dorman, son ami de longue date. Le tandem s'appréciait et fonctionnait à merveille, d'où les bons résultats mensuels qui ravissaient le commissaire divisionnaire.

— Je prends le relais, annonça-t-il en déballant ses instruments. Vous pouvez y aller. Je vous ferai signe quand vous pourrez revenir poser vos scotchs.

— À toi l'honneur d'œuvrer, mon ami, dit Dorman en rameutant sa troupe.

Le médecin légiste l'entendit à peine. Il était déjà à l'œuvre. Il était comblé.

14 heures.

Instant café dans la modeste cuisine dédiée au débriefing ou au VIP selon les circonstances. Sur le paperboard, Dorman avait listé ce que les policiers avaient appris depuis leur retour au commissariat central. On pouvait lire dans la colonne des relations écrite en bleue une cousine éloignée de Madame Charlotte Chamberline dont on ignorait le nom ; dixit la voisine de cette dernière, elle ne passait que pour les étrennes. À la ligne suivante, on trouvait la coiffeuse Madame Catherine Abdellaoui qui les avait prévenus. Après les deux noms était notée, en majuscules, la mention PAS DE MARI PAS D'ENFANT. Puis, au crayon graphite : médecin, laboratoire, kinésithérapeute, facteur, et un espace vide à compléter présageant que tout l'entourage de Madame Chamberline sans exception pouvait devenir un suspect potentiel sous le bleu azuréen du stylo-feutre. Dans la colonne des indices, le commandant, ayant changé la couleur de son instrument pour du vert, avait gribouillé en lettres minuscules les mots sang, empreintes, autopsie, petites lettres aux grands espoirs.

À ce stade de l'enquête, les investigations s'avéraient balbutiantes. Dorman misait sur l'ADN des gouttes recueillies sur les débris de verre, sur le sol et sur la victime. Il espérait une concordance mais il fallait au moins trois jours pour en connaître la réponse. Il connaissait la musique, il serait patient.

Refréner l'ardeur de ses coéquipiers devant un meurtre dont l'identification du criminel semblait facile.

— The most haste, the less speed, dit Dorman en refermant lentement son cahier noir n° 2. Vous savez ce qu'il vous reste à faire, dit-il en quittant la pièce.

Mathieu, Duharec et Piot se regardèrent en silence. Ils avaient traduit, en eux-mêmes, la phrase récurrente depuis l'escapade anglaise. Chacun avait aussi compris ce que l'autre pensait : pourquoi se farcir de la paperasse et des appels téléphoniques alors que le résultat crevait les yeux ? Ils auraient le nom du meurtrier grâce aux prélèvements. L'affaire était pliée d'avance.

19 heures.

Elle était éreintée. Elle éprouvait un besoin impérieux d'absorber des vitamines. Son envie de siroter un jus de tomate fortement assaisonné accaparait son esprit depuis 18 heures et elle avait dû se rendre à ce maudit rendez-vous qui ressemblait plus à une obligation qu'à un service rendu. Le vendredi était une rude journée dans son métier. Elle sautait d'un brushing à un chignon sans s'apercevoir du temps passé et, là, Catherine Abdellaoui avait vraiment l'impression de le perdre, son précieux temps.

Une journée qui a mal débuté et qui continue, pensa-t-elle en lissant les plis de sa robe. En fait, elle essuyait ses paumes moites sur le tissu en tâtant les clés de sa cliente qu'elle possédait. Elle ne savait comment s'en débarrasser. Elle jeta un coup d'œil à sa montre avec une telle indiscrétion que n'importe qui aurait déchiffré l'allusion, n'importe qui sauf le commandant qui était assis en face d'elle, de l'autre côté du bureau, dans son confortable fauteuil en cuir noir, héritage de son prédécesseur.

Habitué à travailler tard bien qu'il fût un employé de la fonction publique, Dorman estimait que toutes les personnes qui étaient à leurs comptes dans l'hexagone devaient agir de cette manière. C'était une évidence policière. Étant donné que la femme s'agitant comme un ver sur sa chaise était sa propre patronne, le commandant avait conclu en toute logique qu'elle avait amplement le temps de répondre à ses questions. Il souhaitait combler des vides dans le déroulement du crime.

Il cogitait en démêlant un écheveau d'idées vagabondes. Il avait libéré Piot et Mathieu avec l'espoir qu'ils iraient faire un carton. Il avait donné congé à sa colocataire qui était partie en vitesse roucouler avec son amoureux. Il avait décidé de mener seul l'interrogatoire de la coiffeuse de Madame Charlotte Chamberline et songeait, à cet instant précis, que c'était peut-être une erreur, ce face-à-face. Il la sentait mal à l'aise et n'en comprenait pas la signification.

— Est-ce vous qui aviez verrouillé la porte d'entrée de l'intérieur ?

— Bien sûr que non. Pourquoi l'aurais-je fait ?

— La peur du voleur, l'habitude, c'est ce que je vous demande de préciser.

— Madame Chamberline craignait les cambriolages. Elle n'ouvrait à personne. C'était une vraie phobie, chez elle. Elle surveillait par la fenêtre les gens qui venaient lui rendre visite, y compris le médecin. Vous imaginez le personnage.

— Je n'imagine pas, Madame Abdellaoui, je consigne les faits. Comment êtes-vous entré dans ce cas ?

— Par la véranda. C'était ouvert en grand et j'ai laissé intact. Je me suis aventurée à l'intérieur. Je n'aurais peut-être pas dû mais je croyais qu'elle avait besoin d'être secourue, seulement, j'ai eu la frousse en la voyant et j'ai foutu le camp.

— Supposons que votre cliente soit tombée, qu'elle ne puisse vous ouvrir et que vous-même fûtes en retard, comment feriez-vous pour vous introduire chez elle ?

— Je prendrais la clé de l'arrière. Celle la, dit-elle en extirpant, contrariée et soulagée à la fois, le trousseau de sa poche.

Dorman nota la grimace qui avait traversé le visage de la coiffeuse en le lui remettant.

— Où l'avez-vous trouvé ?

— Sous le gros pot.

— Celui en zinc ?

— Oui.

Le commandant inscrivit la réponse dans son indispensable cahier noir n° 2.

— Qui était au courant de la cachette ?

— Je ne sais pas mais je présume que si elle m'a confié la cache, d'autres personnes doivent la connaître aussi.

— Bien.

Casser la vitre signifie que le tueur est un étranger ou veut se faire passer pour tel afin de brouiller les pistes, pensa Dorman. Il nota l'idée avant qu'elle ne lui échappât.

— Auriez-vous les noms de ces personnes susceptibles de venir la voir ?

Sans surprise, Madame Catherine Abdellaoui énuméra quatre patronymes. Il y avait dans le palmarès le médecin généraliste, le kinésithérapeute, le podologue et la préleveuse du laboratoire d'analyses médicales. Dorman était déçu. Il espérait du grandiose et récoltait du quelconque.

God helps him who helps himself. Encore une grand-mère qui se plaignait de ses douleurs à l'unique oreille compatissante, celle à qui on confie tous les maux et les cancans, que ce soit au salon ou à domicile, pensa-t-il. Autant renvoyer cette femme. Je n'apprendrai rien de plus.

Derrière les fenêtres vitrées de son bureau, il regarda la coiffeuse s'éloigner dans le couloir.

Catherine Abdellaoui rageait en se dirigeant vers le parking dans l'obscure nuit.

Un quart d'heure de conversation et quarante-cinq minutes inutilement gaspillées avec le détour que j'ai dû faire, rouspéta-t-elle en marchant. J'aurais très bien pu renseigner ce flic par téléphone à la maison. Un mauvais jour qui a fini comme il a débuté. Espérons que demain sera meilleur.

Dorman se leva. Il prit la direction de la cuisine pour compléter ses colonnes en songeant que le proverbe anglais s'adaptait à la situation encore une fois.

Keep the codes and keep alive.

Respectez les codes et restez en vie.

Une vie qui s'était assombrie pour quelqu'un quelque part en un ultime souffle.

XIII

20 heures.

La température avait brutalement chuté dans la soirée. Les degrés négatifs du thermomètre contrariaient les prévisions météorologiques et le plan grand froid avait dû être déclenché par la préfecture. Les habitants avisés se terraient chez eux, au chaud, pendant que Nasri Yasmina et Dominique Pinota frissonnaient dehors malgré la superposition de leurs chandails. De loin, elles ressemblaient à deux tonneaux mal fagotés.

— Un ciel terne et gris plombe la ville. Il va neiger, annonça Yasmina.

— Tu crois ?

— Fais-moi confiance. Demain, les routes seront blanches.

— Si vite.

— Le temps est détraqué. Tout le monde le sait. Ce n'est pas un scoop. Depuis huit jours on alterne la flotte et les éclaircies. Tu n'avais pas ça, à Paris ?

— Un changement aussi radical, je ne crois pas ou alors j'étais si occupée que je ne m'en souciais guère. Que fait-on dans cette situation, Yasmina ?

— On essaye de loger nos demandeurs et tu seras surprise du nombre. Ils ne vont pas se faire prier pour grimper dans le carrosse.

— Quand je pense que nous en discutions avant-hier. Quelle prémonition !

— Eh, ouais, en quarante-huit heures on a chuté de douze degrés, et cette nuit je t'assure que ça va descendre encore.

Après le déluge, la froidure, et pour te le prouver, regarde, personne bouge ce soir. Ils ne risquent pas de se sauver.

Hommes et femmes formaient une masse compacte avec leurs sacs entre leurs jambes. Ils s'observaient, prêts à en découdre pour une paillasse, sauf celui qui, n'étant pas revenu depuis, avait intrigué la bénévole le fameux mercredi soir. Il se tenait une nouvelle fois à l'écart du groupe, un sourire narquois sur les lèvres qui choqua la sexagénaire. Dominique Pinota s'approcha de lui.

— Il faut vous rapprocher des autres pour que Manuel puisse vous compter. Il doit communiquer au foyer le nombre exact de personnes à loger cette nuit.

Le SDF la dévisagea des pieds à la tête. Elle eut le désagréable sentiment qu'il la toisait. En guise de réponse, elle eut droit à une question.

— Faut-il compter sur autrui ou avec autrui ?

Dominique Pinota fut désarçonnée. L'individu, en face d'elle, philosophait au lieu de se préoccuper du choix du gîte et, selon elle, la philosophie ne servait qu'à réfuter la philosophie ; le pragmatisme s'opposant au laisser-aller. Elle saisit, à la façon dont l'homme était en train d'agir avec elle, qu'il s'évertuerait à détricoter ses arguments les uns après les autres si elle prolongeait la conversation. Elle n'insista pas et retourna auprès de sa collègue entourée par les autres nécessiteux.

— Manuel est parti avec un premier lot. Il va revenir chercher le suivant. Et lui ? demanda Yasmina en montrant celui qui se tenait volontairement en dehors.

— Il n'a pas encore décidé.

— Dis-lui de se dépêcher sinon il n'y aura plus de place vacante.

— Vas-y toi. Il t'écoutera peut-être, moi, je n'ai rien pu faire. Je reste avec ceux-là. Je préfère attendre avec eux le retour de Manuel.

Nasri Yasmina n'était pas convaincue de sa réussite. Elle les avait trop côtoyés, ces paumés de la vie, pour déceler leurs réactions. Elle se résigna à tenter le coup et se chargea du fardeau.

— Je n'ai pas fait mieux que toi, dit-elle en revenant. Je me demande bien pourquoi il s'attarde auprès de nous à se geler au lieu de partir puisqu'il ne veut pas intégrer le groupe.

Dominique Pinota était en train de s'interroger elle aussi sur le sujet quand elle aperçut Manuel Schmitt en train de manœuvrer sur la place. Il proposa d'embarquer les deux femmes avec les malheureux du second lot, ce qui n'enchanta pas du tout Dominique mais comme elle n'arrivait pas à se réchauffer depuis la fin du service, elle n'osa pas refuser l'invitation à être véhiculée.

Grâce à son initiative, Manuel Schmitt évitait ainsi à ces collègues de marcher jusqu'à leurs voitures dans l'air glacial de la nuit. Mauvais sort de l'embarquement, Dominique Pinota se retrouva coincer entre un des pouilleux et Yasmina Nasri jusqu'à ce que le conducteur la déposât devant son automobile.

La Mercedes blanche roulait doucement. La conductrice réfléchissait. Elle avait déjà traversé la moitié de la ville lorsqu'elle fit demi-tour, poussée par l'intérêt qu'avait suscité en elle cet inconnu devenu familier. Lorsqu'elle arriva en vue de la place, elle devina la forme de son corps sous le porche. Il était resté là. Il était accroupi. Il fumait. Elle discernait le bout incandescent de la cigarette à la lueur du lampadaire municipal. Il l'aperçut, se redressa, attrapa son sac à dos de l'armée et chemina vers le véhicule.

Il exhala la fumée tout en avançant, le regard fixé sur elle.

Dominique Pinota n'osa plus reculer. Il jeta son mégot dans une bouche d'égout. Il tendit la main vers la portière arrière. Elle annula la commande de fermeture automatique. Il lança ses affaires sur la banquette avec désinvolture et s'installa en conquérant.

Dominique Pinota n'était plus maître de ses agissements. Elle réalisa qu'elle avait été séduite par cet homme mystérieux Elle rajeunissait à son contact.

Samedi 25 novembre

XIV

7 heures.

Atmosphère ouatée.

Luminosité blafarde.

Les toits immaculés subjuguaient Dominique Pinota depuis qu'elle avait ouvert les volets de sa chambre. Elle avait écarté le voilage d'une main et le tenait encore entre ses doigts. Pieds nus, le corps enveloppé d'une nuisette de couleur noire, elle n'osait bouger, admirative devant le tableau qui s'embellissait à chaque seconde. Les flocons virevoltaient de-ci de-là, silencieux, avant de se poser. Ils dissimulaient peu à peu les formes banales du paysage urbain sous une épaisse couche de neige, laquelle neige, imprévue, risquait de contrarier ses objectifs de la matinée. La veille au soir, lorsque Marc Nassan, tel était le nom de l'hôte, avait consenti à ôter sa doudoune crasseuse, il avait aussi dévoilé à la bienfaitrice son extrême pauvreté. Elle avait immédiatement compris ses réticences à se déshabiller à la vue des haillons, et sa gêne à enfiler un peignoir provenant de son dressing qu'elle lui avait prêté pour se couvrir à la sortie de la douche. Elle avait donc fait le vœu de le vêtir correctement, vœu qu'il était devenu impératif d'exaucer avec un pareil temps. Pas de négligence envers son protégé d'un soir de peur d'en pâtir a posteriori. Sa réputation de femme à la charité exemplaire ne devait souffrir d'aucun reproche.

Je n'ose imaginer qu'on puisse me considérer comme une femme égoïste et sans cœur, pensa-t-elle. Il y va de mon honneur, surtout si une telle indifférence parvenait aux oreilles de Yasmina. Je pourrais dire adieu à sa haute considération envers moi.

Elle s'habilla chaudement et profita d'entendre du bruit dans la salle d'eau pour préparer le petit-déjeuner et la gamelle de Lolly.

Café en grains moulus.

Arôme subtil.

Centrifugation du fruit.

Écuelle léchée raclant le sol.

Pas lourds.

Rassasiée, la Chihuahua leva son museau devant cet homme aux cheveux grisonnants qu'elle avait vu pénétrer dans la cuisine et qui s'appropriait les faveurs de sa maîtresse en dépit de l'odeur nauséabonde et persistante des habits tachés mêlée à celles du savon et du shampoing qu'il dégageait de son corps. Ayant emprunté un des rasoirs qui traînait dans la salle de bains, il affichait maintenant un visage glabre aux multiples coupures.

Il est presque beau, constata Dominique Pinota. Avec des vêtements neufs et à sa taille, ce sera parfait.

Depuis quand invite-t-on des vagabonds chez moi ? se demanda la chienne. Pouah ! C'est une infection !

La maîtresse de maison proposa à l'invité de s'asseoir sur un des tabourets de bar devant un mug de café noir, une brioche sortie du four et un jus d'orange pressée. Il ne la remercia pas. Il trouva naturel l'offrande, au même titre que le bol de soupe quotidien du secours catholique. Elle ravala ce mépris lancé froidement, dédain qui lui restait malgré tout en travers de la gorge.

Il est le renard et je suis le petit prince, pensa Dominique Pinota. J'apprivoiserai cette nature sauvage.

Ce fût au cours du deuxième mug que Marc Nassan commença à se confier. Il parla sans discontinuer, racontant un lourd passé de photographe reporter international désireux d'être à ses débuts ce pourvoyeur de la vérité. Il s'était promis de la crier à ce monde sourd, aveugle et indifférent, cette vérité crue dont il s'était fait le défenseur.

— J'éprouvai le frisson des grands espaces. Photographier les stars de la jet-set ne me suffisait plus. J'aspirai à des actes moins futiles. Je pris la décision de partir avant de la regretter. Je décidai que mes pas me mèneraient là où je serai utile. Je quittai sur le champ une femme qui me cocufiait avec mon meilleur ami dès que je m'absentais et j'attrapai le premier vol en partance pour le Moyen-Orient. Je m'évertuai à rendre plaisant un voyage cahoteux rempli d'embûches. La température extérieure fut à l'aventure, très peu accablante pour une journée en plein désert, fraîche pour des nuits à la belle étoile. Les débuts furent idylliques et la fin tragique. Je puis vous assurer que j'ai marché dans les ténèbres sans jamais renoncer à atteindre la lumière. Au cours de ce triste périple j'ai vu la mort dans un village. Elle régnait autour de moi. Je pouvais la sentir, tenace, entêtante ; je pouvais déglutir le goût âcre du sang des villageois, hommes, femmes, enfants, vieillards, pas un habitant ne fut épargné. Je me souviens du puits qui avait été contaminé par les corps décapités balancés dedans. Il y avait aussi des mutilés qui gisaient encore à terre, leurs membres dispersés dans les rues. J'entends encore le bourdonnement des mouches. Je n'ai jamais su la raison d'un tel massacre.

— Les émotions nous donnent la force d'avancer.

— Et le mal avance en contrant l'absurdité de la tentation du bien. Afficher la charte des droits de l'homme à un pays où le colonisateur dicte sa loi en rayant de la mémoire collective les us et coutumes du colonisé sous prétexte qu'il apporte le bien, n'engendre que de la violence.

— Ne pas se décourager, ni perdre confiance en l'avenir, sinon on est sûr de perdre. La nuit n'est jamais aussi noire qu'on le croit et la brume s'évapore à la naissance de l'espoir.

— De la philosophie de comptoir face aux drames qui se déroulent loin des chaumières bourgeoises. La maxime des templiers : « la vérité nous délivrera tous » ne s'applique pas là-bas où rien ne bouge d'un pouce, royaume endormi depuis des lustres au point que l'homme ignore son avenir en oubliant son passé et espère survivre dans le présent. Je suis rentré sans verser une seule larme. J'ai sauvé ma peau comme un lâche, écœuré de moi-même.

— D'où votre désarroi.

— Je refuse de respirer dans un environnement qui m'est hostile et qui s'affiche contraire à mes idées, que ce soit ici ou ailleurs. Un pot de terre contre un pot de fer. Je suis libre et debout, les deux pieds dans la merde.

— Et pourtant vous êtes là, devant moi.

Une lueur le transperça. Dominique Pinota n'aurait su dire si c'était de l'espoir justement ou du dégoût. Il attrapa son mug et but trois gorgées à la suite avant de reprendre son discours.

— Oui, et je n'en suis pas fier. Savoir, penser et rêver, écrivait Victor Hugo. J'ai fini de rêver et de penser depuis que je sais ce que le mot horreur signifie. Ma médiocrité me convient.

— Vous en mourrez.

Ô, Dieu des chiens, exauce cette prière ! aboya Lolly qui écoutait attentivement, et le plus tôt sera le mieux.

— De froid comme aujourd'hui, ou de l'intérieur ? Mon âme est sèche. J'ai l'alcool. C'est un ami fidèle qui me tient chaud et me permet d'oublier.

Il pochtronne en plus. Je m'en doutais. Je l'avais reniflé. Un ivrogne dans ma maison, on aura tout vu. Elle perd la boule, ma maîtresse.

— Une chaleur illusoire qui ne remplace pas un bon vieux manteau en laine.

Ah non ! Pas un comme le mien, en angora ! Ce serait donner de la confiture à un cochon.

— C'est vous qui le dîtes.

— Ce n'est pas du confort, juste du bon sens. Votre doudoune n'est plus assez efficace. J'ai remarqué des accrocs par-ci par-là. Elle finira par se déchirer entièrement. Je souhaiterais vous en offrir un, si vous me le permettez.

— C'est votre argent.

— Une acceptation qui s'avère sage.

— De toute façon, c'est fatigant de ne rien faire. Essayez donc et vous verrez de quoi je parle. Le temps s'étire en longueur dans l'inaction.

— Ainsi vous serez occupé aujourd'hui. Finissez votre petit-déjeuner. Nous partirons ensuite.

Dominique Pinota se retourna afin de cacher son visage triomphant. Elle arborait celui de l'attachée de direction d'autrefois, une femme sachant faire plier son entourage à sa volonté. Seulement, par son changement de position, elle ne put voir l'étincelle haineuse dans les yeux bleus de Marc Nassan. Il n'y eut que la chienne pour s'en rendre compte et celle-ci eut peur de l'image renvoyée par les iris.

XV

8 heures 30.

Ils ne s'étaient pas concertés et, pourtant, ils étaient tous présents dans le troisième bureau du rez-de-chaussée en ayant à l'esprit un but unique : ne pas gâcher leur samedi ni leur dimanche. Certes, il y avait eu un meurtre. L'élucidation de l'affaire n'échappait à personne car la facilité des indices à désigner le coupable encourageait les policiers à clore rapidement le dossier. Il n'y avait que le commandant qui persistait à vouloir finasser les détails. Fait inhabituel, Morgane était d'accord avec Mathieu et Piot. Leblanc, quant à lui, demeurait neutre par amitié.

— Il ne vous manque pas quelque chose, Duharec ? demanda Dorman devant l'assemblée.

Le lieutenant chercha désespérément ce que le boss lui réclamait. Elle fronça les sourcils en signe d'interrogation.

— Une chemise !

Une ride d'expression barra son front de trentenaire. Pourquoi lui suggérait-il une chemise ? Elle portait un pull-over grenat par-dessus un tee-shirt rouge à manches longues. De plus, elle avait pris soin d'entourer son cou avec une écharpe en soie d'un rose pastel. Elle se toucha les bras. Non, elle n'avait pas froid.

— Pas sur vous, la chemise, pour l'enquête ! Réveillez-vous un peu, grommela Dorman.

Il savait qu'elle s'était couchée tard. Deux heures trente-sept exactement à son radio-réveil. Il ne dormait pas. Il lisait en attendant qu'elle fût rentrée de sa sortie avec Gillet. Il veillait sur elle comme elle veillait sur lui. Un paternalisme conscient.

— Je mettrai en ordre après, répliqua-t-elle en baillant.

— Je commence, annonça Leblanc qui ne supportait pas les chamailleries et Dieu sait qu'elles étaient rares au sein des deux D. Une mort évidente par strangulation, violente et fatale. On a une fracture de l'os hyoïde et le larynx a été broyé dans l'attaque. Pas de marques défensives de la part de notre victime, en revanche j'ai relevé un acharnement démentiel. Ce sang répandu sur le corps en différents endroits nous le prouve. Il n'est pas celui du cadavre, vous l'aurez compris. Il faudra comparer le groupe sanguin avec l'ADN de l'écoulement nasal et les empreintes que la scientifique a prélevées partout : meubles, peau, entrée, et cætera. Je vous laisse lire le compte rendu. Votre meurtrier est un bleu à sa façon de procéder et enrhumé de surcroît. En ce qui concerne le foulard, je n'ai rien à ajouter. Il empestait la lessive discount aux notes florales entêtantes avec un surplus d'assouplissant, un supplice pour les cellules olfactives. Évidemment, on retrouve des matières organiques de nos principaux intéressés. L'orientation de vos gouttes sur le sol qui vous tenait tant à cœur, dit-il en reprenant son souffle, ne ressemble à aucun schéma valable, ce qui prouve de nouveau l'amateurisme du criminel. D'est en ouest et du nord au sud il a semé son caryotype. De vous à moi, il n'est pas doué, celui-là.

— Il semblerait. Et pour le voisinage, Mathieu ?

— On a un retraité qui a été intrigué, je cite, par une drôle de bagnole, peut-être une citadine car elle n'était pas très grande. Il confond les modèles et les marques nous a-t-il dit, il n'a jamais été doué pour les différencier, mais il y a un petit quelque chose qui l'a troublé : c'est la couleur verte, le genre pomme Granny, qui brillait malgré le temps pourri que nous avons en ce moment. Il a même pensé qu'elle était neuve ou bien qu'elle avait été repeinte récemment. C'était original et beau à la fois, a-t-il ajouté. Le véhicule se trouvait en stationnement, jeudi soir, sur le parking des visiteurs. La fenêtre de sa chambre ayant une vue plongeante dessus, il est resté un bon moment à l'admirer. Il était intrigué et puis, comme il m'a raconté, ce n'est pas tous les jours qu'il y a de l'animation dans la rue. Ici, c'est plutôt tranquille comme endroit, un refuge à vieillards qui arrivent encore à se tenir debout sans le déambulateur. Il serait parti au bout d'une demi-heure selon lui, peut-être plus. Il n'a pas noté l'heure, en revanche, il a vu un jeune grimper côté passager et c'est tout. Son téléphone a sonné au même instant. Il a dû décrocher et quitter son poste d'observation.

— Est-ce qu'il a pu nous donner le signalement du jeune ? A-t-il noté l'immatriculation ?

— À peine. Taille normale, en jean et gros pull ou anorak, il ne savait plus car il n'a pas eu le temps de bien distinguer le jeune à cause de la sonnerie du téléphone. En revanche, il lui paraissait nerveux car il lui a semblé qu'il marchait en se secouant comme s'il tremblait. Quant à la plaque ? Non, pas dans son angle de vue.

— Description courante mais cela pourrait être notre homme. Et le conducteur ?

— Pas possible de l'apercevoir, malheureusement. Il ne discernait que les sièges, et encore, vue de dos, avec les appuis-tête relevés, et en vue plongeante comme je vous ai dit.

— Cela ne nous arrange pas. Quoi d'autres ?

— Il a ajouté que la Chamberline était une saloperie qui épiait les bonnes gens pour dire du mal d'eux dès qu'ils avaient quitté le coin. Il ne la pleurera pas. Et radine en plus. Elle se faisait tirer l'oreille aux réunions de copropriétaires à chaque fois qu'ils devaient voter des travaux. C'était systématiquement non aux revendications concernant l'entretien des communs sauf devant chez elle, évidemment.

Dans un lotissement de pavillons, des travaux, il n'y en avait guère. Des oursins dans la poche a-t-il dit. L'expression vient de chez lui, d'en bas, du midi. Elle était toujours la dernière à payer les charges. Elle ne voulait pas perdre les intérêts de l'argent placé qu'elle disait aux réunions.

— Du même avis que la coiffeuse, alors. On a des caméras de surveillance dans le lotissement ?

— Négatif. Refus de la Chamberline. Trop cher à installer et inutile selon elle, jugeant que le quartier s'avérait calme et sans histoire.

— Je vois. Quoi d'autres ?

Dans la bouche du commandant, ce bis repetita réclamait un supplément d'informations. Il creusait.

— Sans vous offenser, patron, déclara Morgane, l'ADN va nous apporter le nom du tueur sur un plateau. Nous n'aurons plus qu'à le cueillir à son domicile. C'est du tout cuit.

— Résolu, résolu, c'est vite dit, maugréa Dorman. Résoudre une affaire équivaut à jouer une partie d'échecs. Il faut toujours avoir un coup d'avance sur l'adversaire pour la gagner, cette partie. Just do it.

— Mat en un coup, chef, affirma Mathieu.

— Je suis d'accord avec eux, émit Piot. Cela semble logique avec le récit de. Monsieur Leblanc.

— Si vous êtes tous contre moi, je me range à vos côtés, ajouta Dorman qui ne souhaitait pas contrarier le brigadier Piot pour une fois qu'il s'enhardissait à prendre la parole. Attendons lundi et priez donc le ciel, tous autant que vous êtes, pour que votre meurtrier ne file pas à l'anglaise. Je vois d'ici les gros titres dans le journal : « Le mystère plane dans le quartier de la macabre découverte. Les voisins se calfeutrent chez eux. C'est l'incompréhension totale devant l'inefficacité de la police. Un tueur en cavale ».

— Aucun danger. C'est dans la poche. In the pocket, patron, conclut Morgane.

Tiens, tiens, pensa Mathieu. J'entrevois une fissure dans le célèbre duo, que dis-je, une crevasse duharécienne. Morgane s'éloigne du boss. Serait-ce dû à sa nouvelle relation ? Il remonte dans mon estime, le Marc Gillet. Il lui montre la bonne voie, la mienne. Je vais peut-être changer d'avis et la garder dans mon équipe lorsque je serais promu. Doux constat jubilatoire du matin. Ce week-end promet d'être bénéfique.

— Dans la poche comme ces mains qui viennent de tuer, que nous oserions qualifier d'innocentes après les avoir rencontrées dans un bar tenant un verre de bière ou remuant une cuillère dans une tasse de chocolat chaud, énonça le commandant en guise de conclusion. Des mains qui rentrent chez elles sans éprouver le moindre remords.

Dorman contempla son lieutenant féminin préféré un brin fâché, elle ne le soutenait pas dans son raisonnement. Cela le peinait.

Me serais-je trompé de piste ? se demanda-t-il, perplexe, en les regardant tour à tour.

Son flair légendaire émoussa son jugement vis-à-vis de ses collègues. La meute abandonnait le chef de clan trop vieux pour lutter contre un Mathieu aux aguets, montrant les crocs, entraînant les autres à sa suite. Le jeune loup aux griffes affûtées poussait l'ancêtre vers la sortie.

Décidément la solitude m'encercle. Elle resserre son étreinte et finira par m'étrangler moi aussi comme la vieille. Ceux qui m'entourent me percevraient-ils comme un solitaire déchu dont le brillant s'est terni avec les années ? Je ne suis donc plus ce phare qui les guide.

Le visage du commandant s'assombrit d'une façon brutale. Le moral flancha. Connaissant le symptôme, il prit la ferme résolution de s'engouffrer dans la première supérette qu'il croiserait et d'acheter une quantité substantielle de Comté. Le fromage de sa région natale apaisait ses angoisses, en particulier celui affiné pendant au moins dix-huit mois. Il ajouta à son remède « anti déprime » un beignet à la confiture de fraises.

Épicerie.

Pâtisserie.

Urgentissime.

Ne pas manquer.

13 heures.

Le manque de sommeil nuisait à sa compréhension. Les phrases que prononçait Marc Gillet lui parvenaient en syllabes tronquées. Morgane flottait au milieu des ondes sonores qu'elle essayait en vain de traduire en langage intelligible. Une mollesse s'était emparée d'elle et le hamburger avalé avec un grand verre de Coca-Cola ne l'avait pas revigoré. Elle s'avachissait sur la banquette du fast-food, glissant doucement vers une sieste digestive postprandiale.

— Est-ce que tu m'écoutes ?

— Oui, répondit-elle d'un air absent.

Marc Gillet insista.

— Tu n'en as pas l'air, dit-il sur un ton de reproche. Ce que je te dis nous concerne, tu sais.

— Tu disais ? demanda-t-elle penaude.

— Je parlais de notre relation et de notre futur.

— Et ?

— J'éprouve des sentiments pour toi que je croyais ne plus jamais connaître, et j'ai envie d'aller plus loin. J'ai envie de te retrouver le soir après une dure journée de labeur. J'ai envie de sentir ton corps contre le mien sous les couvertures. J'ai envie de partager ton repas végétarien, de respirer l'air que tu respires et je finis par dire n'importe quoi pour te convaincre de ma sincérité à vouloir vivre avec toi dans un nid d'amour douillet. À la tête que tu fais, mes révélations n'ont pas l'air de te réjouir.

Morgane ne s'attendait pas du tout à ce genre de déclaration un samedi matin de novembre. Elle tombait des nues. Comment avait-elle pu passer à côté de cette évolution sentimentale chez son compagnon ? Un trimestre s'était écoulé depuis leur premier baiser et elle n'avait jamais cru au coup de foudre raconté dans les histoires de prince charmant.

Marc, était-il le sien, de prince charmant ?

Elle le regarda sous un jour nouveau, comme si elle le rencontrait pour la première fois.

Sous ses airs de dur à cuire, Marc Gillet est donc un grand romantique, conclut-elle

— Prends ton temps pour digérer cette information. Tu n'es pas obligé de répondre de suite si ma rapidité te choque.

— En bons flics que nous sommes, tu m'accordes un répit. Est-ce que tes enfants sont au courant pour moi ?

— Je leur en ai glissé un mot le week-end dernier et leur mère est déjà au parfum. Elle est très heureuse pour moi. Depuis qu'elle s'est remariée, elle désespérait de mon célibat. Je lui ai même avoué que j'aimerais avoir un enfant de toi. Cela te surprend ?

— Un peu. Tu vas vite en besogne en amour si je puis m'exprimer ainsi. Je ne suis pas encore arrivée à ton niveau dans l'échelle amoureuse. Je suis plutôt tortue dans la course aux sentiments depuis mon dernier déboire.

— Cela n'arrivera pas entre nous.

— En es-tu sûr ?

— Fais-moi confiance comme tu l'as toujours fait depuis notre rencontre et je ne te décevrai pas.

Elle faiblissait devant son enthousiasme. À court d'argument, elle tenta une ultime question.

— Et pour Dorman ? Est-ce que tu as pensé à lui ? Nous sommes inséparables depuis notre arrivée dans ce département. Il n'a que moi depuis son divorce et je lui dois beaucoup sur le plan professionnel. Il m'a appris le métier sur le terrain. Je ne tiens pas à saboter notre amitié.

— Ta franchise t'honore, Morgane. Bien sûr que j'y ai réfléchi. Vous êtes très attachés l'un à l'autre et je n'envisage pas de m'immiscer entre vous deux. Il pourra faire partie du voyage s'il le souhaite. Je n'y vois pas d'inconvénient. Il n'y aurait que des avantages à mes yeux, surtout avec une ribambelle de gamins tapageurs qui le rajeunirait, ton commandant. Il n'a pas d'enfant m'as-tu confié. Il serait donc un grand-père de substitution pour eux.

— Tu as tout envisagé d'après ce que je comprends, y compris une naissance bien que je sois réticente à procréer. Tous les jours, nous prenons des risques. Un orphelin, c'est moche.

— J'ai essayé de penser aux options qui pourraient entraver ta décision et, comme je suis fou amoureux de toi, tout ce que tu voudras, je le voudrais aussi.

— Trois flics ensemble sous un même toit.

— Exactement. Un expresso pour digérer cette déclaration ?

— Un double pour être opérationnelle.

— Un double pour madame, donc, et je t'emmène loin de la ville, marcher dans une campagne recouverte d'un grand manteau blanc.

Morgane avait saisi l'allusion de son compagnon. Elle cherchait une maison, il facilitait la démarche. Ils iraient se balader en notant les adresses des bâtisses à vendre correspondant à ses désirs à elle. Elle rêva d'une demeure aux grandes fenêtres avec un jardin et un lopin de terre pour son potager. La maison de la grand-mère tuée lui revint en mémoire.

Clos de mur et pas trop isolée, la baraque, pensa-t-elle. Il n'est pas question de se faire agresser chez soi. Déformation professionnelle.

14 heures.

Positiver l'attente jusqu'à lundi.

Partir en avance sur l'horaire du rendez-vous.

Golf Passat, véhicule personnel.

Les poches de son veston remplies de fromages catalogués « mini-portions » par les fabricants et, avantage non négligeable, emballés sous vide, le commandant Dorman roulait en direction du corps de ferme qu'il avait repéré ces jours-ci. D'après les renseignements fournis par l'agent immobilier, le logement correspondait parfaitement à ce qu'il souhaitait proposer à sa colocataire. À la fois spacieuse et intimiste, la bâtisse conservait le charme d'antan des murs en pierres jointoyées, choix de prédilection de Morgane qu'il avait entendu et retenu.

Il se gara sur la place du village et poursuivit son chemin en déambulant à travers les ruelles. Il tenait à prendre le pouls des autochtones. Il avait encore en mémoire les formules de politesse que proféraient ses voisins lorsqu'il les croisait sur le palier, dans l'immeuble où il avait vécu à Pontarlier, une politesse qui s'adressait au représentant de la force publique et non à l'homme. Il ne comptait pas réitérer la déplaisante expérience.

Bon sang, pourquoi est-ce que les gens s'imaginent qu'on peut faire sauter les contraventions à l'aire de l'informatique aussi facilement qu'auparavant ?

Il déchira l'emballage du Conté et croqua la moitié du fromage. Il le savoura comme un bonbon. Il se délecta de cette pâte ferme tout en ayant l'œil sur le voisinage. Il passa devant l'école communale. Des enfants s'amusaient dans la cour de récréation à s'envoyer des boules de neige. Quatre institutrices surveillaient la marmaille tandis qu'un instituteur participait à la construction d'un bonhomme de neige avec les petits de la maternelle.

Cinq classes au moins pour l'enseignement primaire. Cet endroit me plaît de plus en plus.

Il engloutit le deuxième morceau de son fromage en s'arrêtant devant le portail de la propriété.

En guise de ferme, Dorman découvrit une architecture bourgeoise en forme de U entourée par un immense terrain. Agréable surprise.

La toiture paraît en bon état vue de l'extérieur, constata-t-il. À vérifier en montant dans le grenier, les chiens-assis procureront certainement une lumière suffisante pour le savoir. Les vantaux, le portillon et les barreaux de la clôture nécessitent une couche de peinture. Usure normale. On changera la couleur. En revanche, les volets sont nickel. Ce que j'aperçois est engageant. En négociant le prix à la baisse, avec un peu de ténacité vis-à-vis du vendeur, nous éviterons un emprunt.

Cinquante minutes plus tard, Dorman était enchanté. Ce qu'il avait vu l'avait comblé. L'agencement intérieur avait été mis aux normes en prévision de la vente. Les murs blancs se couvriraient de chaudes couleurs côté Duharec et, du sien, il opterait pour une teinte gris clair qui adoucirait son mobilier en pin massif gris cendré façon teck. Il se projetait déjà dans cet univers apaisant en camaïeu de gris lorsqu'il mit le moteur en marche de sa voiture. Le moral grimpait dans les chiffres positifs du thermomètre psychologique.

Demain, le commandant serait fixé.

XVI

16 heures 30.

Dominique Pinota libéra Lolly qui sauta hors de son sac de transport. La chienne s'ébroua, étira ses pattes avant et jappa en signe de remerciement. Ses bonds étaient à la hauteur de sa reconnaissance car elle avait enduré son calvaire sans broncher de crainte des représailles venant de cet homme hébergé par sa maîtresse dont elle avait évité le coup de pied magistral juste avant de partir. Elle en avait encore les poils irrités rien qu'à y songer. Elle s'indignait d'être traitée ainsi, elle, un chihuahua de pure race avec un pedigree long comme le bras qui n'était plus choyée comme il se devait. Contrairement aux habitudes et aux attentions manifestées auparavant, elle avait dû patienter de longues heures avant de pouvoir se soulager dans un jardin public en se cachant derrière un arbre, la vessie prête à exploser. Heureusement pour elle, Dominique Pinota avait fait une halte entre deux achats que Lolly jugeait beaucoup trop nombreux étant donné qu'ils ne lui étaient pas destinés. Les coussinets transformés en glaçons, elle avait regagné son antre en grognant. Elle avait aussitôt plongé son museau dans le renard argenté que portait sa maîtresse en ce jour poudré à frimas. La fourrure de prédilection caressait la sienne en marchant. Elle avait été balancée de droite à gauche jusqu'à ce qu'elle sombrât dans un sommeil profond, bercée par ce rythme saccadé. Elle ne s'était réveillée qu'en entendant la voix de cet indésirable hôte brailler dans sa propre maison qu'il allait faire couler un bain très chaud. L'intrus sommait, celle qu'il nommait déjà sa tendre amie à le retrouver alors que, selon un rituel coutumier, c'était elle qui avait les faveurs de la mousse voluptueuse aux senteurs vanillées. Décidément, elle ne l'aimait vraiment pas du tout, ce bipède aux yeux bleus.

Lolly imagina un plan d'attaque pour se débarrasser du gêneur. Elle pensait en canidé. Elle se trouva trop fragile pour affronter ce colosse à deux pattes mais se jugea assez habile pour s'attaquer aux paquets déposés dans l'entrée. Elle commença par arracher d'un coup de canines l'anse d'un des sacs. Elle plongea à l'intérieur de cette grotte en papier glacé fuchsia et tira de toutes ses forces pour amener à elle le sachet plastique. Elle était justement en train de le déchiqueter quand sa maîtresse sortit inopinément de sa chambre entièrement nue.

Dominique Pinota la souleva de terre.

— Mais qu'est-ce que tu fais, Lolly ? Avoir rien mangé depuis ce matin n'est pas une raison pour dévorer n'importe quoi ! Je vais te donner de quoi assouvir ta faim.

Lolly regarda ces choses rondes, brunes et vertes qui avait atterri dans son écuelle en porcelaine. Elle s'approcha, renifla et eut un haut-le-cœur en humant cette étrange odeur qu'elle ne connaissait pas. Un fumet repoussant, déclara-t-elle. Il devait y avoir une erreur. Ce ne devait pas être pour elle. Sa maîtresse s'était trompée dans sa précipitation à la nourrir. Elle avait dû confondre avec les aliments qu'elle apportait parfois aux chats du quartier, idée saugrenue qu'elle ne comprenait pas d'ailleurs. Elle décida de jeûner. Elle refusa catégoriquement de toucher à cette pitance indigeste à ses yeux et fila dans le hall pour terminer sa mission destructrice.

Grande contrariété.

Tous les sacs avaient disparu. À leur place, il y avait un tas de vêtements sales et troués, abandonnés au milieu du vestibule qu'elle reconnût comme appartenant à l'indésirable. Lolly tourna autour du monticule deux fois avant d'estimer qu'il était inutile d'épuiser ses forces. Les frusques ayant déjà un aspect pitoyable, on ne s'apercevrait même pas de la différence entre avant et après son minutieux massacre qu'elle aurait perpétré avec un soin particulièrement méticuleux en se bouchant les narines. Elle bava dessus pour marquer son territoire, faute d'avoir trouvé mieux. Elle était née de parents respectables, elle ne pouvait pas se comporter comme un vulgaire bâtard. Elle voulut se détendre sur les moelleux coussins du boudoir attenant à la chambre mais la porte était fermée.

Accès interdit.

Punition, tel était son ressenti.

Le regard triste, elle s'allongea sur le canapé du salon. Des gloussements traversèrent les cloisons du spacieux appartement. Elle s'efforça de ne pas entendre ces curieux bruits qui lui parvenaient de la salle de bains.

À 18 heures 30, la sonnerie du téléphone retentit, interrompant les rêves de la chienne.

— Allô, j'écoute.

— Qui est-ce ? demanda Marc Nassan.

— Yasmina, répondit Dominique en masquant le micro du combiné. Tu as un empêchement et tu veux que je te remplace ce soir. Ce n'est pas grave au moins ?

Lolly se leva pour quémander des caresses.

— Évidemment que je vais te remplacer. Reste chez toi et avale tes médicaments. Tu prodigues des conseils aux autres que tu ne t'appliques pas à toi-même et voici le résultat, clouée au lit avec la fièvre. Reste au chaud ce week-end, nous nous verrons mercredi, répondit-elle en attrapant la chihuahua par le collier pour la poser dans son couffin. Vite. Habillons-nous. Nous sortons.

— Faire la tournée, je présume. Je vous avertis que je ne participerai pas à l'opération.

— Ce n'est pas de votre ressort de nous aider. Nous avons déjà été tous les deux, avec Manuel, et nous avons très bien assumé. Mettez quelque chose de chaud.

— Je n'ai que l'embarras du choix avec ce que vous avez dépensé dans les boutiques.

Et pour cause, pensa Lolly en se levant une nouvelle fois, il n'y a rien pour moi. Elle partit bouder sur le lit aux draps froissés de sa maîtresse.

— J'ai posé vos affaires sur votre lit. Pas trop chic serait préférable.

— À vos ordres, gente dame.

Il semblerait que Marc Nassan se transforme à mon contact, pensa fièrement Dominique Pinota. Il suffit de peu pour que l'habit fasse le moine.

Elle sourit à l'appellation moine.

Défroqué, l'homme d'église qui se fait un point d'honneur à prouver sa virilité, se dit-elle en enfilant sa culotte noire en dentelle. Sa fougue dans la baignoire vaut bien celle des trentenaires. Son ardeur à me procurer du plaisir comblerait n'importe quelle femme. J'assume donc ce terme péjoratif de Cougar que je déplorais auparavant si c'est le prix à payer pour être couverte de baisers.

Marc Nassan avait eu la délicatesse de l'attendre dans le salon. Il lui fit signe de venir. Il avait déniché des olives dans le buffet, tranché le pain du matin et servi deux verres de vin rouge.

— Ne partez pas le ventre vide. Je sais de quoi je parle.

Elle arriva suivie de près par la chienne.

Elle ne doutait pas de ses affirmations. Elle apprécia le geste à sa juste valeur. Elle était conquise par l'intérêt que Marc Nassan portait à son égard. Elle prit le verre qu'il lui tendit et se pencha vers le plateau, ne s'apercevant pas du changement d'intensité des iris de celui-ci lesquels s'étaient, de nouveau, transformés en une fraction de seconde. Son visage affichait à présent un regard insensible et glacial. Il n'y eut que la chienne pour se rendre compte de ce changement brutal qui était identique à celui de ce matin, une volte-face de l'attendrissement à la froideur. Un frisson courut sur son échine.

Les traits de l'homme étaient maintenant tendus. Ses lèvres amincies se relevaient sur le côté droit. Sa mâchoire avait la résistance de l'acier. Les pensées de Marc Nassan s'apparentaient à cette neige hostile qui s'accumulait en congères dans les caniveaux et qui durcissait sur les trottoirs. Il accumulait les rancœurs. Toute son attitude trahissait l'hypocrisie de sa personne.

Une heure plus tard, pendant que Dominique Pinota distribuait les aliments aux SDF rassemblés devant elle, Marc Nassan et Manuel Schmitt se jaugeaient. L'un toisait celui qu'il considérait déjà comme étant un adversaire redoutable tandis que l'autre analysait son comportement. La confrontation visuelle entre les deux individus prit fin avec la détermination de Marc Nassan à vouloir aller faire un tour.

— Laisse-le, Dominique. Cet homme n'est pas pour toi. Tu ne le connais pas. Va savoir ce qu'il cache derrière ces beaux habits.

Elle ignora la remarque.

— Il s'est confié ce matin. Les cicatrices sont encore à vifs. Il a enduré de terribles épreuves. Il a côtoyé la mort. Il est encore choqué par ce qu'il a vécu.

— C'est-à-dire ?

— La guerre, la famine, la violence, tout ce qu'il y a de mauvais dans l'être humain il l'a vu étalé aux grands jours. Il m'a montré une photographie qu'il détient dans son portefeuille avec ses papiers d'identité.

— Il travaillait pour un journal ?

— Oui, en tant que reporter photographe.

— Tu l'excuses trop. Pourquoi est-ce que tu l'as hébergé ?

— Comment le sais-tu ?

— Vous êtes arrivés ensemble et il a des fringues flambant neuves. Rapide déduction. C'était facile à deviner.

— Il n'y avait plus de place vacante au foyer, hier soir, tu le sais bien. Tu étais là.

— Ce n'est pas une raison. Il avait refusé de nous accompagner. À chacun ses responsabilités. Être un SDF n'excuse pas le choix.

— J'ai eu un élan de compassion. Tu ne peux quand même pas me le reprocher. Je suis revenue voir s'il était toujours là. Il fumait sous le porche. Je me sentais coupable de vivre dans un appartement douillet alors qu'il avait affronté des vicissitudes que je n'endurerai jamais, et tout ceci pour terminer dans la rue.

— Et tu l'as embarqué.

— Juste pour une nuit, après je verrai.

— Fais attention à toi. Ces hommes et ces femmes ne disent pas forcément la vérité, crois-moi. J'en connais plus d'uns ou d'unes qui enjolivent et cachent le côté sombre de leur personnalité. Ils sont dans le déni face à leur condition. Je t'aurai prévenue, une femme avertie en vaut deux, dixit le proverbe.

— J'ai ressenti une noble cause qui germait en lui. Je suis persuadée qu'il tente de retrouver son humanité et j'ai envie de lui tendre la main, de lui venir en aide, ce n'est pas interdit que je sache par le code du secours catholique. Il me semble que ce serait plutôt l'inverse et sur ces belles paroles, finissons de servir. Je suis transie. J'ai envie de rentrer tôt.

Lorsque les deux bénévoles eurent rangé la dernière caisse, Marc Nassan n'était toujours pas revenu. Il s'était évanoui dans la ville. Dominique espéra néanmoins qu'il réapparaîtrait avant le départ du fourgon.

Illusion perdue.

À deux heures du matin, le timbre de la sonnette de l'interphone retentit dans la villa sur le toit. Il réveilla la maisonnée endormie. Lolly changea de place sur le lit pendant que sa maîtresse allumait la lampe de chevet. Dominique Pinota décrocha le combiné dans le vestibule et actionna l'ouverture automatique de la porte de l'immeuble.

Marc Nassan tituba en entrant, imbibé de whisky bon marché. Il voulut l'embrasser mais elle le repoussa, blessée par sa soûlographie. L'argent qu'elle lui avait donné avait contribué à son ivresse. Elle le poussa vers la chambre d'ami. Il lui attrapa le bras et l'agrippa. Il tomba sur le lit avec elle. Il en profita pour rabattre sa chemise de nuit sur ses seins et lui écarta les cuisses. Elle se débattit. Il pesa de tout son poids sur elle, la maintenant plaquée sur la couverture. Elle avait le souffle coupé. Il engagea un doigt râpeux dans son vagin et pratiqua des mouvements réguliers de va-et-vient. Il testa sa résistance. Nulle. Il sentit le désir qui montait en elle. Il se souleva et commença à lui embrasser les mamelons, puis le nombril, puis les poils pubiens. Elle ferma les yeux, brisée par la vague qui la submergeait. Il continua à l'embrasser jusqu'à ce qu'elle attrapât sa main et la guida vers son mont-De-Vénus. Elle le força à titiller son clitoris. Oublié le dégoût de l'haleine alcoolisée. Toute à sa jouissance, elle l'obligea à le lécher jusqu'à l'orgasme.

L'homme se moquait éperdument que cette femme refusât à se laisser embrasser sur la bouche. L'important était son abandon. Qu'elle soit vaincue.

L'ancienne attachée de direction retourna se coucher, certaine d'avoir capturé l'hôte dans ses filets prédateurs. Elle voulait un Marc Nassan dépendant d'elle. La ruse devait être habile pour réussir.

Lolly tremblait sur l'oreiller. Son instinct ancestral sonnait l'alarme. Inquiète, elle se pelotonna contre sa maîtresse.

Dimanche 26 novembre

XVII

9 heures.

Il regarda l'écran digital à son poignet. Trop tôt pour un noctambule et trop tard pour un insomniaque. Il trancha. Il entrouvrit la porte de la chambre avec son coude, la poussa du pied et s'avança vers le lit un plateau dans les mains. Dominique Pinota dormait encore, recroquevillée sur le flanc droit, la chienne blottie contre elle, les cheveux en partie dissimulés sous la taie d'oreiller aux motifs rectangulaires jaune et orange. Il écouta la respiration paisible qui émanait de sa bouche entrouverte. C'était un souffle régulier à peine audible.

Bientôt ce léger bruissement va se transformer en un ronflement bruyant et sonore fort désagréable, pensa Marc Nassan. Il sera grand temps de foutre le camp d'ici après avoir profité de la gonzesse un maximum.

Il souffla sur les paupières fermées. La gêne occasionnée fit se retourner la belle endormie ce qui réveilla Lolly. Dominique Pinota écarquilla les yeux à la vue de l'homme ayant violé son intimité. Elle mit ses lunettes afin de juger le faciès penché sur elle. L'image renvoyée était celle d'une figure affable.

Il s'assit de biais à côté d'elle, poussa doucement la chienne qui le surveillait d'un œil à l'affût d'un coup en douce, et posa entre eux trois le petit-déjeuner qu'il avait cyniquement préparé.

— Café, croissant chaud et pain au chocolat pour me faire pardonner mes frasques de la nuit. Madame est servie.

— Je ne veux plus vous voir vous détruire. Néanmoins, si cela vous était nécessaire pour rompre avec votre ancienne vie et repartir à zéro, j'excuse l'incartade. Promettez-moi de ne plus renouveler cette escapade nocturne à l'avenir.

Elle n'avait pas osé prononcer le mot « beuverie notoire du clochard ».

— Promis.

— J'ai votre parole ?

— Vous l'avez.

— Parfait. Sage résolution. Promettez-moi, aussi, d'éviter les actes entraînant les disputes qui nuisent à la bonne entente de deux êtres sous le même toit.

— Je vous le promets car sinon vos rêves se transformeront en cauchemars, le bleu de votre ciel se couvrira de gris et votre journée s'annoncera morne et triste à en mourir dès le réveil. Ai-je raison ?

— Exactement. Vous lisez en moi comme dans un livre ouvert, mon cher ami.

L'œillade qu'il lui lança fut malicieuse. Elle adora.

— Quel sera le menu pour aujourd'hui ? demanda-t-il, innocemment.

— Une idée m'est venue afin de chasser votre ennui, si ennui existe, et de combler vos journées par une noble activité. Que diriez-vous de pratiquer de nouveau la photographie ?

Son visage se ferma.

— Je ne veux plus avoir à faire avec ces gens-là. Le monde est assoiffé de sang. Il réclame son dû aux journaux. Vous connaissez mon ressentiment à ce sujet. Le verdict est sans appel.

— Mon Dieu ! Je ne vous proposerais pas une telle initiative après avoir entendu vos confessions. Je vous parle d'artistique, de flou à la David Hamilton, de paysage en noir et blanc, de ces photos qui enjolivent un intérieur. Je vous parle d'un réel plaisir à immortaliser le beau sur la pellicule avec un B majuscule.

— Dans ce cas, je veux bien reprendre le flambeau là où je l'avais laissé avant mon voyage au pays du soleil levant, dit-il, radouci. Je ne garantis pas le résultat mais je serais intransigeant sur le choix de l'argentique.

— Êtes-vous sûr que le modèle existe encore ?

— Je ne sais pas. Il y a longtemps que je ne suis plus au courant des appareils en vente sur le marché.

— Eh bien, voilà une occupation pour la matinée et une sortie pour Lolly. Maintenant que nous sommes d'accord, si nous goûtions à ces délicieuses viennoiseries qui ne demandent qu'à être avalées.

Marc Nassan avait imploré son pardon et cela suffisait à Dominique Pinota. Elle ne doutait pas de la sincérité de ses paroles. Les excuses, ce n'était pas son genre et elle l'avait deviné.

Il trancha le bout du croissant et le porta à la gueule du chihuahua fort surprise par cet élan amical qui ne lui ressemblait guère. Lolly eut l'intention première de lui croquer un doigt mais elle se ravisa au dernier moment. Elle planta ses crocs dans le morceau en le surveillant du coin de l'œil. Elle ne jugea pas utile de le remercier en remuant la queue.

XVIII

Non loin de là, Dorman disposait lui aussi des viennoiseries dans un plat ovale. Il coupa le feu sous la cafetière italienne qui chuintait depuis quelques minutes, la souleva avec un torchon pour éviter de se brûler à la vapeur dégagée, traversa le couloir de l'entrée en la tenant à bout de bras, pénétra dans la salle à manger, empila les revues étalées sur la table et la posa sur le dessous-de-plat. Il retourna à la cuisine pour ramener les croissants et les pains au chocolat sortis du four.

Le congélateur se situe au sommet des inventions masculines, dit-il à voix haute. Mon Dieu que c'est pratique, l'électroménager de la femme moderne ! Ils ont tout compris ces Américains des années cinquante. Je t'enfourne ça au micro-ondes et hop, en cinq minutes chrono, c'est prêt. Exit l'éternelle question déterminante qui aura le privilège de se geler pour courir à la boulangerie au coin de la rue. C'est Gillet qui va être content du message que je lui ai laissé.

Tout en continuant à se parler à lui-même, il sortit les mugs et les couverts du vieux buffet qui grinça par habitude.

— En quel honneur, ce déploiement de victuailles ? questionna Morgane en s'étirant, chevelure emmêlée et pyjama mal boutonné signe qu'elle venait de quitter les bras de Morphée à l'instant.

— J'ai pris rendez-vous en fin de matinée avec un agent immobilier puisque vous avez les vôtres, de visites, dans l'après-midi, et j'aimerais que vous m'accompagnassiez à la Rivière de Corps, un endroit tranquille, encore campagnard et sans vous mentir, je préfère avoir l'estomac plein.

— Et Marc ?

— Il vient avec nous. D'ailleurs, j'entends ses pas dans le jardin et habillez-vous correctement, vous avez mis Paris avec Versailles.

— Puisque vous avez planifié la sortie entre hommes, je vous suivrai docilement, répondit-elle sur un ton ironique en se reboutonnant, à moins qu'il ne veuille dormir après la planque de la nuit.

— Je suis en pleine forme, rétorqua Marc, en ouvrant le sachet qu'il avait amené contenant un beignet aux pommes.

Morgane fronça les sourcils à la vue de la pâtisserie.

Maudite soit cette enquête qui perturbe le patron, pensa-t-elle. Les signaux ont viré au rouge dans le sucré salé. Le Comté avait déjà regagné une place privilégiée dans l'estomac du boss, et le beignet suivra en tant que remède contre l'humeur maussade du patron. La sinistrose risque, encore une fois, d'accoster dans le cerveau de Dorman avec cette envie insoutenable de revenir inlassablement à son port d'attache. Prions le ciel que ce jour soit un jour faste et non pas un embourbement dans la vase des marécages pessimistes. Aucun danger que je le lâche aujourd'hui. Je l'escorterai coûte que coûte, le patron.

XIX

10 heures 36.

Parking de la grande surface.

— Une chance que le magasin fût ouvert un dimanche, s'étonna Marc Nassan.

— Je vous l'avais dit, répondit Dominique Pinota au volant de sa Mercedes. Pendant les trois semaines précédents Noël, les commerçants lèvent le rideau. Ils sont loin d'être inactifs. Ils augmentent leur chiffre d'affaires depuis l'autorisation gouvernementale et ne s'en privent pas. Ils poussent à la consommation avant les soldes de janvier. C'est de bonne guerre.

Marc Nassan sortit le coûteux appareil photo de son emballage. Il s'était laissé convaincre par le vendeur quant à la facilité d'utilisation du Nikon Reflex, un achat accepté promptement puisqu'il ne l'avait pas payé. Ce cadeau s'ajoutait aux autres dans l'indifférence totale du bénéficiaire. Il entreprit de lire le mode d'emploi les lèvres fermées et sourd aux conseils prônés par une conductrice qu'il cataloguait inculte en la matière.

— Tu poseras, lança-t-il après quelques minutes passées à lire le mode d'emploi.

Elle sursauta en entendant l'ordre.

— Je suis flattée par votre proposition.

— Ne le sois pas. Je n'ai personne d'autre à qui demander, répondit-il la voix cassante.

À cet instant précis, elle l'aurait giflé à cause de son insolence et de son tutoiement, mais elle se ravisa.

Marc Nassan est un écorché vif, se dit-elle. Le retour à une vie normale réclame de la patience. Rome ne s'est pas bâtie en un jour.

Ce fut au tour de Dominique Pinota de se taire jusqu'à l'entrée de son immeuble.

XX

10 heures 45.

La Rivière - de - Corps.

Au numéro 45 de la rue Émile Désirée.

Une rafale de vent s'engouffra dans la cour. Le violent tourbillon de neige aveugla Morgane qui se mit à rire en voyant le visage crispé de Dorman, inquiet par la mésaventure. Une vague de panique avait envahi le commandant suite à la bourrasque que la jeune femme sut apaiser par trois petites syllabes : elle me plaît. Insensible à la baisse de la température extérieure, Morgane s'essuya la figure en souriant, racla ses chaussures contre une pierre et pénétra dans le hall de l'aile droite. Au même moment, une tourterelle qui se tenait en équilibre sur la gouttière au-dessus du groupe s'envola en direction du toit opposé.

Dorman annonça d'emblée qu'il se réservait cette partie de la bâtisse, argumentant qu'elle comportait le nombre de pièces suffisant à un célibataire de son âge, pièces se situant toutes au rez-de-chaussée, excepté la deuxième chambre à l'étage qu'il conserverait en vue des visiteurs de passage. Grâce à ce choix imposé, il se déplacerait sur une surface de niveau qui ne solliciterait pas ses vieux os à l'arthrose bien installée, à l'inverse de l'aile gauche aux nombreuses marches. Il vanta aussi la cuisine équipée, les peintures à son goût et la salle d'eau comportant une douche à jets relaxants.

Je n'aurais pas de travaux à entreprendre avant mon déménagement, argua-t-il sur un ton convaincant.

Morgane salua ce judicieux commentaire et consentit à visiter la suite de la demeure.

Le groupe traversa prudemment la cour sous le regard amusé du volatile qui n'avait pas bougé d'une plume sur son perchoir. Les quatre tapèrent des pieds sur le paillasson en métal et se secouèrent avant de franchir le seuil des appartements dédiés au lieutenant. Immobile, l'oiseau les observa attentivement et trouva fort étrange ce nouveau pas de danse.

En découvrant l'escalier en pierre et sa rambarde en inox poli, la jeune femme s'immobilisa sur le seuil et déclara, enthousiaste, à l'oreille de son colocataire :

— Vous avez mis dans le mile en choisissant cette ancienne maison bourgeoise qui allie le moderne et l'ancien, patron.

— Et attendez de voir les autres pièces. Vous ne serez pas déçue.

En effet, Morgane alla de surprise en surprise. Elle fut charmée par la rénovation suggérée par un architecte visionnaire que l'agent immobilier tarissait d'éloges. Gillet s'extasia, lui aussi, devant les appareils culinaires récents, car il adorait cuisiner, et, de même, il aima le carrelage à grands carreaux tendance mode qui le stupéfia. Il approuva les murs de couleur blanche qui feraient office de sous-couche, laissant place à l'imagination débordante de sa dulcinée quant au choix des coloris futurs.

La jeune femme apprécia au niveau supérieur la suite parentale avec son dressing, sa salle de bains et w.-c. conçue dans un esprit zen. Cette dernière était mise en valeur par une grande baignoire d'angle à buses et un papyrus entouré de galets gris planté au milieu d'un carré de sable fin. Détente assurée.

Il y avait aussi à ce niveau deux autres chambres avec placards intégrés dans les murs, une autre salle de bains comprenant une douche, des w.-c. indépendants, et une dernière chambre côté aile droite située au-dessus de la cuisine de Dorman, ce qui était amplement suffisant pour un jeune couple sans enfant.

Le grenier couvrant le bâtiment principal pouvait être aménagé, les chiens-assis dispensant une clarté fort agréable en cette après-midi neigeuse.

L'espace serait propice à un « bureau – bibliothèque - salle de billard », loua le mandataire souhaitant conclure rapidement la vente et rentrer dans ses frais car il en avait marre de faire visiter cette demeure. La plupart des acheteurs la trouvaient immense et évaluaient le coût exorbitant de l'entretien. Onéreuse. Tel était le verdict prononcé à chaque fois.

À l'inverse des autres visiteurs, nos trois policiers étaient transportés de joie à l'idée d'avoir enfin trouvé un lieu où il ferait bon vivre ensemble. L'agent immobilier, de par son expérience, remarqua la petite lueur de satisfaction qui les enflammait. Il nota leur projection à habiter dans ce nouveau logis qui s'avérait être à leur convenance. Il perçut leur emballement. Il fut soulagé. L'affaire était dans le sac, il en était convaincu.

Les visites retenues pour l'après-midi par Morgane s'avéreraient certainement plus que décevantes, telles étaient les conclusions des conquis en se concertant dans la voiture.

— Lorsqu'on commence par le meilleur, il est difficile de faire mieux, lâcha Dorman en conduisant.

— Nous ne pouvons pas nous défiler, répliqua-t-elle, surtout envers des gens qui sacrifient le jour du Seigneur pour nous. Et, au moins, la comparaison sera profitable à notre jugement.

— Affirmatif, dit Dorman, mais n'oublions pas que nous sommes les clients dans tous les cas de figure, y compris celui de notre première visite.

Le commandant était tout à fait d'accord avec ce que venait de dire sa colocataire, d'autant plus qu'il savait comment la faire fléchir au cas où l'hésitation réapparaîtrait de façon fortuite à la vue des autres choix. Il tuerait dans l'œuf cette résurgence malvenue.

Tout en conduisant, il écouta d'une oreille distraite les confidences des deux amoureux à l'arrière du véhicule, lesquels amoureux étaient plongés dans la documentation fournie par le commercial très avisé qu'ils venaient de quitter. Dorman se douta qu'ils devisaient sur le prochain emménagement. La suite à donner ne serait que formalités. Son notaire dans le Doubs lui avait conseillé d'envisager une SCI pour le partage des parts entre Marc Gillet, Morgane Duharec et lui. « Les difficultés engendrées par la promiscuité en seront aplanies. Une société civile immobilière est un choix judicieux » lui avait-il confié, ayant eu souvent recours à ce procédé lors de famille recomposée. Il décida de suivre cette sage résolution. Il leur en ferait part.

Dorman pouvait enfin se détendre après des jours et des jours d'angoisse. Il nota que son humeur était plus positive que ce matin au lever.

It's a good day today, pensa-t-il, sourire aux lèvres.

La sinistrose s'éloignait doucement.

Il roula en sifflotant un air de Jean Ferrat.

XXI

14 heures 45.

Épuisée.

Dominique Pinota avait perdu le compte depuis longtemps. Au début, les séances s'apparentaient à un divertissement mais au bout de quatre-vingt-dix minutes, elles s'apparentaient plutôt à une souffrance physique dont elle n'imaginait même pas l'existence avant de l'avoir vécue. Elle avait enchaîné les habillages et les déshabillages à un rythme effréné afin de satisfaire l'appétit du téléobjectif. Marc Nassan shootait l'heureuse élue avec une telle rudesse dans les directives que celle-ci n'avait point osé se rebiffer, approuvant le choix des tenues vestimentaires qu'exigeait le photographe. Une bonne partie de sa garde-robe y était passée, mélangeant les étoffes, harmonisant les couleurs et les accessoires avec une note d'originalité. « C'est ce qui différencie l'amateur du professionnel » avait-il proclamé afin de justifier ce déballage de chemisiers, de robes, de jupes et de pantalons qui s'amoncelaient sur le lit en compagnie d'objets en tous genres pris au hasard dans les différentes pièces et qu'elle devrait ranger plus tard. Le puits de son imagination n'étant pas tari, il en était arrivé à ce qu'il appelait « le visuel érotique attirant les foules ».

— Ne soyez pas coincé, ma chère. Contempler un beau cul et une belle paire de nichons n'a jamais fait de mal à personne. Au contraire. Cela ranime les sens et délie la bourse.

— Je crains d'être reconnue, minaudai Dominique emplie d'une pointe de fierté à endosser le rôle de mannequin en partie dénudée.

— Commençons par la vision puritaine d'une guêpière. La beige avec sa dentelle noire dévoilant les mamelons conviendra parfaitement. Ajoutez-y une paire de bas noir à mailles fines, un slip brésilien noir lui aussi et je vous garantis le succès de la pose si vous daignez lever un tant soit peu la jambe.

— Comment ?

— Nous allons shooter en position debout, le pied droit sur l'accoudoir du fauteuil crapaud que j'aperçois là-bas, le corps légèrement penché vers l'avant, le fume-cigarette de tout à l'heure dans la main droite, le coude touchant le genou, dans le style des années folles.

— La position sera inconfortable.

— Ne soyez donc pas stupide. Si vous exécutez à la lettre ce que je vous demande sans rechigner, nous aurons vite terminé et je vous promets une récompense digne de vos efforts.

— Laquelle ?

— De la polissonnerie à tous les étages pour assouvir les fantasmes de la dame avant la réception, car nous avons des invités ce soir d'après votre conversation téléphonique de midi. Ai-je vu juste ?

— Absolument.

Dominique Pinota s'empressa d'ouvrir l'un de ses nombreux tiroirs du dressing. Dans sa précipitation, elle fit tomber un porte-jarretelles qui coiffa la pauvre Lolly réfugiée dans cet abri.

Vexée, la chienne quitta sa cache avec sa drôle de traîne et décida de se réfugier dans le boudoir jouxtant la chambre.

Peine perdue.

Marc Nassan était allé plus vite qu'elle et occupait déjà les lieux en conquérant. Elle grogna par principe et montra les dents afin qu'il comprît qui était le maître dans ce somptueux appartement. Il lui répondit en lui lançant un coussin qu'elle évita de justesse. Puisqu'il voulait se battre, il obtiendrait satisfaction. Lolly se rua sur un mollet. Voyant venir l'assaut, il l'attrapa par son collier garni de strass et l'envoya valdinguer contre le mur. Le choc étourdit la chienne. Elle dut ramper jusqu'à la porte pour fuir cette bête sauvage puisque sa maîtresse, absorbée par l'habillage dans la salle de bains, n'avait pas assisté à la scène et ne pouvait la secourir. Elle atteignit le canapé du salon en gémissant centimètres par centimètres. L'épreuve fut douloureuse pour ses frêles membres endoloris. Elle se hissa sur ses pattes pour atteindre sa couche préférée.

Mon havre de paix a volé en éclats, geignit le chihuahua en fermant les yeux.

Lolly, les muscles endoloris, dormit une bonne partie de l'après-midi. Elle s'éveilla vers 18 heures sous les caresses prodiguées par la septuagénaire entièrement vêtue de gris chiné de la racine des cheveux à la pointe des orteils. Les doigts de Madame Madeleine Jouves, affublée d'un tailleur Chanel et d'un chemisier à jabot, remontaient lentement le long de la colonne vertébrale de la chienne couchée sur ses genoux, s'amusant à ébouriffer les poils avec ses bagues tandis qu'elle s'extasiait sur le tableau accroché au mur de la salle à manger.

— Ta dernière acquisition est magnifique, ma chérie, dit-elle en insistant sur l'adjectif magnifique, tel un expert en œuvre d'art.

— Il provient d'un jeune artiste que j'ai déniché par hasard, il y a deux mois, en visitant un village des environs, chère Madeleine. La toile n'était pas encore finie et, pourtant, elle vibrait déjà d'une intensité incomparable. Il l'a terminée il y a quinze jours et me l'a livrée aussitôt. Nous avons déterminé ensemble quel serait le meilleur emplacement pour ce trésor.

— Il faut absolument que je le rencontre. Qu'en pensez-vous, Pierre ? dit-elle en s'adressant à son mari, un entrepreneur de travaux publics à la retraite.

Pierre Jouves, personnage râblé, disparaissant dans son costume trois-pièces noir qui semblait trop grand pour lui, était en grande conversation avec son meilleur ami, le Docteur Yves Leplot, un veuf à la chevelure grisonnante soigneusement peignée, qui s'appuyait sur une canne à pommeau d'argent en affichant des manières aristocratiques, vêtu d'une chemise en jersey beige et d'un pantalon en flanelle chocolat qui rehaussaient son allure princière. L'époux Jouves ignora la demande de sa femme.

— Est-ce que vous m'écoutez, mon ami ? insista l'épouse.

— Plaît-il ?

— Je vous parle de ce peintre qu'à découvert Dominique. Nous pourrions acquérir, nous aussi, une de ses œuvres. C'est une valeur montante et prometteuse encensée par les critiques d'art, plaida Madeleine Jouves emplie d'une jalousie féroce.

— À votre aise. Je vous laisse juge, répondit-il sur un ton qui signait l'indifférence qu'il portait à ce propos.

Les deux hommes reprirent leurs échanges là où ils avaient été interrompus, ignorant un Marc Nassan désireux de s'immiscer dans leur conversation. Cette ignorance entraîna l'homme plus jeune à amadouer la nouvelle venue. Il se vengerait bientôt de leur insulte. Il allait se mettre dans la poche cette pimbêche délaissée par son conjoint. Il lui tendit une coupe de champagne rosé avec une assiette de sushis qui tenta la chienne assise à ses côtés maintenant.

L'apéritif dînatoire se déroulait gentiment dans le salon lorsque Marc Nassan, après avoir essuyé deux ou trois réflexions masculines désobligeantes, décida de se justifier quant à son intrusion dans ce cercle d'amis restreint. Il se leva subitement et alla chercher les clichés pris dans l'après-midi.

La maîtresse de maison faillit en lâcher son verre. Une terreur subite s'empara d'elle. Elle pâlit à son retour. Avant qu'elle ne réagisse, il brandit cinq photographies imprimées sur feuilles A 4. Elle lui lança un regard lourd de reproches qui amusa son tortionnaire.

— Tu es magnifique, ma chérie, s'exclama Madeleine Jouves.

Aujourd'hui, tout est magnifique dans ta bouche, Madeleine la rivale, pensa Dominique Pinota en s'étranglant avec une bouchée. Décidément, ce soir, rien ne me sera épargné.

— Ton nouvel ami est un enchanteur. Il a su nimber ton visage d'un rayonnement surréaliste. Monsieur, vous êtes le poète de la lumière, dit-elle en tendant le papier aux deux hommes qui s'étaient approchés sous l'impulsion de leur curiosité.

Lolly en profita pour croquer dans le saumon fumé convoité qui avait atterri dans l'assiette de Madeleine. Elle était en train mastiquer son morceau quand Marc Nassan la souleva brusquement et la fit descendre pour prendre sa place. Il commenta ce qu'il nomma des épreuves photographiques car, selon lui, ces prises manquaient de profondeur. Madeleine gloussait en l'écoutant, prenant la pose sur le canapé, avançant la poitrine et allongeant la jambe. Dominique s'offusquait par principe devant les éloges de son corps par son amie, éloges dont elle ne doutait pas une seule seconde de leurs teneurs hypocrites. L'entrepreneur et le médecin demeuraient imperturbables face à l'entremetteur menaçant leur belle amitié. Ce dernier eut le champ libre.

Marc Nassan avait donc su au cours de la soirée, incarner le magicien de la beauté féminine dans l'esprit des deux femmes. Elles avaient été conquises par l'éloquence de ce personnage hors du commun.

Appétence malsaine photographique.

Dualité.

Les pécheresses avaient promis. Il aurait son exposition dans la galerie parisienne la plus en vue du moment. Elles allaient lui organiser un vernissage huppé où les invités seraient triés sur le volet, et elles lui garantissaient une absolue réussite. Le succès serait à la hauteur de leurs exigences, elles en étaient persuadées. Il serait de nouveau sous les phares des projecteurs. Les médias loueraient sa vision novatrice de la Femme. Il franchirait la « Grande Porte » et serait adulé.

Paroxysme de l'excitation dans l'au revoir féminin.

Moult embrassades.

À l'inverse, dans les poignées de main masculines, Marc Nassan sentit comme une réticence qu'il lui faudrait anéantir.

Lundi 27 novembre

XXII

8 h 30.

Sirène hurlante, la voiture de fonction grillait les feux rouges et les stops sous le nez des piétons qui hésitaient à traverser de peur d'être écrasée par cette machine infernale. Au volant du jouet fou, Morgane Duharec prenait un malin plaisir à imiter les flics de New York ou de Los Angeles, pour une fois qu'elle en avait le droit, et ce n'était pas tous les jours le cas, au contraire. D'ordinaire, et par beau temps, c'était plutôt le boss qui s'octroyait le droit à conduire sur les chapeaux de roues mais il avait cédé sa place à la conductrice pour relire le fax arraché à l'imprimante de son bureau.

Virage sur l'aile.

Dérapage contrôlé faisant voler la mince poudre neigeuse tombée durant la nuit.

Freinage brusque devant un pigeon qui picorait un morceau de pain émietté sur l'asphalte glacé.

Bien que les flocons eussent cessé de tomber depuis quelques heures, le manteau blanc était loin d'avoir entamé sa longue et lente fonte au grand dam des passants. Il y en avait certains, des vacanciers de la Côte d'Azur amoureux de la ruralité, qui glissaient au moindre faux pas sur les trottoirs brillant de mille feux avec leurs chaussures mal adaptées, tandis que d'autres, des autochtones aguerris, luttaient désespérément pour rester debout en évitant les plaques de verglas provoquées par une température négative. La voiture de police, mieux chaussée que les individus croisés sur leur trajet, collait au bitume, ignorant la couche translucide et ô combien dangereuse que Morgane découvrait à la dernière minute et qui effrayait le commandant. Un Dorman apeuré s'accrochait à la poignée intérieure côté passager en essayant de déchiffrer les lignes du feuillet tandis que son collègue rigolait sur la banquette arrière. Le lieutenant Mathieu s'amusait de la frousse du patron lequel était fautif de son état par son abus d'autorité. L'énergie déployée par Morgane était due à l'ordre donné au commissariat, conséquence du fax reçu. Les analyses de l'ADN et du sang récoltés sur le corps de Madame Charlotte Chamberline avaient révélé un caryotype et un groupe sanguin connu du milieu médical. L'individu en question avait séjourné de nombreuses fois dans le service psychiatrique de l'hôpital depuis son adolescence. Le nom du coupable s'inscrivait en lettres capitales sur la feuille que Dorman essayait en vain de relire : Bouveret Claude 23 ans incapable majeur, fils de Bouveret Sabine 57 ans mère célibataire. Dorman avait retenu le diagnostic communiqué par le médecin légiste au téléphone. Il y avait des chances que le suspect soit incapable de répondre, assommé par son traitement médicamenteux, lorsque le trio sonnerait à la porte. Le commandant tenait à ce que le garçon soit lucide lors de l'arrestation, d'où la demande expresse de rouler à la vitesse supérieure autorisée par la sécurité routière.

— Non d'un chien, Morgane, nous sommes pressés mais roulez moins vite. Vous allez nous tuer ce matin, rouspéta Dorman. God save us.

— J'exécute les ordres, répondit-elle en ralentissant deux minutes pour repartir de plus belle. Et je mets à profit mon stage de conduite sur glace, lequel a été payé par le ministère. C'est même vous qui m'y avez inscrite, patron. Vous trouviez que ce serait sécurisant d'avoir un pilote sachant braver le climat en affrontant les intempéries.

— Et vous ne vous en privez pas, ronchonna-t-il, en serrant plus fortement la poignée qu'il n'avait pas lâchée au point d'en avoir les phalanges douloureuses. Si vous continuez, nous allons être éjectés de la bagnole. Avec les reflets du soleil sur la chaussée qui brille comme un miroir, vous ne devez pas y voir beaucoup. Moi-même, j'en ai mal aux yeux avec cette réverbération.

— Primo, je ne suis pas gênée du tout et secundo, c'est la faute au volatile, justifia-t-elle. Il ne sait pas envoler lors de notre passage, trop occupé à bouffer sur la route au lieu d'être dans le caniveau.

— Vous êtes d'une mauvaise foi.

— Quand c'est vous, patron, continua Duharec en lui tenant tête, nous vous laissons faire.

— J'y compte bien. J am the boss. OK. Bon, où en étais-je ? dit-il en se replongeant dans sa lecture.

Mathieu jubilait à écouter l'altercation des deux D. Il regretta que Piot ne les ait pas accompagnés. Depuis qu'ils s'entraînaient au stand de tir, leur but commun les avait rapprochés. Ils étaient devenus inséparables face à l'épreuve tant redoutée.

Si seulement le brigadier avait été là, pensa Mathieu. Il aurait pu constater que les rapports de force ne mènent à rien. Je le dis toujours. Il faut un chef qui se fasse respecter par ses subalternes. Un pilote dans l'avion qui sache atterrir sans dommages, dans la pire tempête, pour reprendre l'expression de la collègue.

— Coupez le « gyro ». Inutile d'ameuter le quartier.

— OK, chef, répondit Morgane en appuyant sur le bouton.

Elle avait parlé avec la même intonation que Dorman ce qui amusa de nouveau le lieutenant à l'arrière.

— On y va en douceur. Je ne tiens pas à ce que l'oiseau s'envole.

— À mon avis, patron, répliqua Mathieu, il faudra plutôt qu'on le secoue d'après ce que vous a raconté Leblanc.

— Ne présageons pas sur la réaction imprévisible d'un meurtrier malade.

— Un crétin, vous voulez dire, contra Mathieu.

— Un crétin capable de tuer et de réussir, quoique vous en disiez, Mathieu, répliqua Dorman sur un ton bourru.

Décidément, Mathieu a le don de m'énerver, pensa-t-il.

— Avec ce genre de personnage, reprit-il, on ne sait jamais à quoi s'attendre. Il peut nous surprendre. N'oublions pas qu'il a été privé de ses droits civiques mais pas de ses facultés mentales.

— Facultés amoindries par les médocs, renchérit le lieutenant à l'esprit de contradiction.

Pendant que ses collègues s'envoyaient des piques, Morgane était arrivée à destination.

Entée fracassante sur le parking désert de la cité à cette heure.

— Vous auriez pu ralentir, Duharec, signala Dorman, mécontent.

— Pas âme qui vive, j'en ai profité. Ce n'est pas tous les jours fête, chef.

— Soit, mais ne recommencez pas.

— Promis, patron.

Le commandant savait très bien que cette promesse avait une valeur plus qu'hypothétique dans la bouche de sa coéquipière mais, depuis hier soir, son cœur aussi était à la fête avec leur consentement mûrement réfléchi à habiter tous ensemble sous le même toit et cette décision le comblait d'aise. Ce fût dans cet état d'esprit de vigilance ouatée qu'il sonna à la porte de la famille Bouveret située au premier étage, celle de l'immeuble en étant restée ouverte par l'équipe de nettoyage avait facilité leur introduction. Les trois policiers entendirent vaguement quelqu'un se déplacer. Au bout de quelques minutes qui leur parurent des heures, les verrous s'activèrent. Un jeune homme mal peigné en tenue de jogging, avec une barbe de trois jours et le regard hagard, entrebâilla ladite porte. Dorman sortit sa carte de police ce qui fit reculer Claude Bouveret au fond du couloir.

Ayant le champ libre, l'équipe pénétra dans l'appartement ce qui fit reculer encore plus loin leur suspect, et plus ils avancèrent, plus il recula. Il finit par aller se terrer dans l'angle d'une pièce qu'ils supposèrent être la pièce centrale de l'appartement puisqu'elle contenait, au milieu, une table ronde en sapin avec quatre chaises dépareillées autour. Sur cette table avaient été empilés des magazines. Il y avait aussi deux fauteuils au tissu élimé et déchiré par endroits positionnés sur la gauche devant un téléviseur récent à écran plat en équilibre précaire sur une desserte, une autre table de matériau similaire et pas très grande poussée contre le mur sur la droite supportant un ordinateur portable dont l'écran était en veille, en attestaient les poissons multicolores nageant au milieu des récifs coralliens, et à dix centimètres de l'ordinateur une boîte en fer joliment peinte ayant pour motif un sapin de Noël aux guirlandes scintillantes et des paquets cadeaux de toutes les couleurs. Pas de bibelot, ni d'étagère, ni de plante verte, seulement deux posters scotchés sur les murs figurant d'énormes bouquets de fleurs.

— Monsieur Claude Bouveret vous êtes en état d'arrestation pour le meurtre de Madame Chamberline, annonça Dorman avec un timbre le plus neutre possible.

En guise de protestation, le jeune homme commença à trembler de la tête aux pieds. Sa bouche se crispa. De la salive s'échappa de ses lèvres. Il recula encore en attrapant trois revues en guise de bouclier jusqu'à se coller à la porte-fenêtre située entre le téléviseur et l'ordinateur laquelle s'ouvrait sur un petit balcon.

— Est-ce que vous me comprenez, Monsieur Bouveret ?

Incompréhension.

Deux mondes parallèles qui ne se rencontreraient jamais.

— Il pige que dalle, commenta Mathieu. Un dingo.

— Taisez-vous, ordonna Dorman. N'allez pas le contrarier. Il nous entend. On y va en douceur, dit-il en s'approchant un peu plus près.

Mauvaise idée.

Claude Bouveret émit une phrase qui ressembla plus à une espèce de grognement qu'à quelque chose de compréhensible. Il agita les bras devant lui en ayant l'air de chasser des mouches invisibles. Il ne paraissait pas avoir de prise sur le présent. Il était en proie à une excitation atypique en comparant son attitude actuelle avec son comportement du début ce qui inquiéta Morgane.

— Madame Bouveret, appela-t-elle sans grande conviction.

— Si elle était là, elle aurait rappliqué depuis longtemps, ironisa Mathieu.

— Je le sais mais cela ne coûtait rien d'essayer.

— Monsieur Bouveret, calmez-vous. Nous voulons juste vous poser quelques questions. Nous avons besoin que vous nous accompagnassiez, mentit Dorman en contournant la table ronde. Il ne manquerait plus qu'il se défenestre, murmura-t-il.

Un magazine vola dans sa direction.

— Je ne l'ai pas vu venir, dit-il en l'évitant de justesse.

À peine avait-il formulé ces mots que les deux autres revues s'abattirent sur les trois officiers de la brigade criminelle. Claude Bouveret s'empara de la télécommande qui se trouvait à portée de sa main et la jeta devant lui. Le boîtier s'ouvrit au contact du sol et éjecta les piles qui roulèrent sous la table ronde. L'énervement du jeune homme avait grimpé d'un cran. Il prononça une phrase plus distinctement que les précédentes.

— Avez-vous entendu, vous aussi ? questionna Dorman.

— Affirmatif, répondit Morgane en employant le mot préféré du boss. Il a dit : « tuer la mère ».

— C'est un fou furieux, trancha Mathieu. C'est du ressort des pompiers et de l'hosto.

— Je suis d'accord avec vous murmura Dorman. Retournez dans l'entrée discrètement pour leur téléphoner pendant que nous le surveillons, Duharec et moi.

Le lieutenant Mathieu ne se le fit pas dire deux fois. Les deux D l'entendirent discuter du cas avec le médecin du Samu. Pendant ce temps, loin de se calmer, Claude Bouveret répéta à plusieurs reprises « tuer la mère » et finit par taper sur la vitre menant au balcon qui vibra sous le choc. Il ne semblait pas ressentir la douleur qu'il infligeait à son corps. Il frappa une deuxième fois sur le carreau avant de s'en prendre à la table proche de lui. Ce fut au tour de l'ordinateur de vaciller lorsque le poing s'abattit. La boîte en fer n'eut pas la chance de demeurer à sa place. Elle valsa par terre et renversa son contenu sur le carrelage. Des biscuits se brisèrent en plusieurs morceaux. Claude Bouveret regarda les dégâts causés par le vol plané des gâteaux secs. Il s'agenouilla et se mit à les contempler avec gourmandise. Il en tâta plusieurs jusqu'à ce qu'il en choisisse un enrobé de chocolat noir. Assis en tailleur à même le sol, il battit des mains devant son exploit, considérant la boîte qui avait explosé comme une récompense. Il allongea le bras pour en choisir un deuxième, ignorant maintenant la présence des policiers.

Dans le lointain, Dorman et Duharec entendirent le pin-pon caractéristique de l'ambulance. Ils laissèrent Claude Bouveret se goinfrer jusqu'à ce que l'équipe médicale eût pris le relais.

Le médecin urgentiste reconnut aussitôt celui qui dévorait les biscuits. Il prépara l'injection et piqua dans la fesse du malade en train de mastiquer avant qu'il ne s'y opposât. L'efficacité du neuroleptique fut redoutable.

Pupilles dilatées.

Brancard.

Transport vers l'hôpital psychiatrique.

— Il lui a injecté une dose de cheval à Bouveret, le toubib, s'exclama Morgane après le départ de l'équipe médicale.

— Un habitué des « psys » ajouta Mathieu.

— Étonnant, répondit Dorman, en notant sur son cahier noir le numéro de téléphone épinglé sur un tableau en liège au-dessus du téléviseur qu'il supposa être celui de la mère car il ne voyait pas à qui il pouvait appartenir si ce n'était à celle qui veillait sur le fils Bouveret.

Mathieu et Duharec ne comprirent pas l'allusion de leur chef. Selon eux, Bouveret était en proie à des hallucinations, ne se maîtrisait pas, avait tué et son avocat plaiderait la folie, point à la ligne.

Le commandant finit par tirer la porte d'entrée de l'appartement vers lui, perplexe. Il éprouva subitement le besoin d'être seul. De retour au QG, il enverrait son équipe sur le terrain.

XXIII

9 heures.

Parce qu'elle était trop affamée, Lolly croquait avec difficulté les infâmes boules marron que sa maîtresse avait déposées dans sa gamelle ce lundi. Elle avait le museau enfoui dedans depuis la fin du petit-déjeuner. Trente-six heures de jeûne avaient suffi à la persuader qu'elle n'adoptait pas la meilleure stratégie dans le combat qui l'opposait à l'envahisseur. En continuant sur cette dangereuse voie, elle s'affaiblirait rapidement et ne pourrait lutter. Elle s'était donc résignée à déglutir en rageant ce qu'elle nommait avec morgue « de la pitance dégueulasse pour chien errant ». Une imposture. Elle regrettait déjà la trop courte soirée de la veille où elle avait réussi à chaparder quelques toasts dans l'assiette de l'invitée Madame Jouves. À grand renfort de battements de cils pleurnicheurs lorsqu'elle s'était retrouvée le cul sur le tapis à cause de l'ennemi juré numéro un, elle avait su apitoyer celle qu'elle avait nommée « sa sauveuse » pour obtenir un morceau de sushis supplémentaire. Elle n'avait pas aimé les formes allongées qui étaient venues se coller à ses dents lors de la mastication mais, puisqu'elles avaient semblé être une partie intégrante du poisson fumé qui lui avait calé l'estomac, elle leur avait attribué une note de 18 sur 20, score supérieur à celui qu'elle attribuait maintenant : pour ces boules rondes, un -10 était une bonne approximation de ce qu'elle ressentait en les avalant avec un certain dégoût.

Quand reviendrait-il, le temps du boucher ?

Elle se désespérait à l'idée que cet adepte de la viande crue fût relégué à un souvenir lointain, un bonheur oublié, une perte gustative abyssale.

Exit la félicité.

Une saveur en perdition.

— Tu vois bien qu'elle les mange, annonça Marc Nassan en entrant dans la pièce.

Lolly lui lança un regard noir chargé d'une haine féroce. Son malheur correspondait à l'importance qu'avait prise cet homme auprès de sa maîtresse au point de la reléguer à l'état d'objet délaissé, elle qui avait su partager les confidences, les joies et les peines ; elle qui avait su écouter les récriminations pendant des heures sans sourciller ; elle qui avait marché sans se plaindre quelles que fussent les circonstances dans le froid ou dans la canicule, de jour comme de nuit, vraiment, elle ne comprenait pas ce désintéressement soudain. La solution résidait à éliminer du champ visuel l'indésirable. Elle pourrait y laisser la vie, consciente que la bête à abattre résisterait jusqu'à son dernier souffle.

— Tu as sans doute raison. C'est mieux pour elle, plus équilibré.

— Les besoins alimentaires sont dosés en laboratoire. Il faut faire confiance à la production industrielle de nourriture pour les animaux domestiques.

— Je me sens coupable de lui imposer un tel régime.

Tu peux, pensa Lolly.

— Pas de repentir, répliqua Marc Nassan sèchement.

Abruti ! jappa la chienne en souhaitant faire plaisir à sa maîtresse.

— Elle semble contente, s'étonna Dominique Pinota.

— Je t'avais dit qu'elle s'habituerait. Il suffisait d'insister.

En entendant ces mots, Lolly régurgita une croquette afin de prouver son écœurement.

— Croque, ma petite Lolly, n'avale pas tout rond, prononça-t-elle en s'agenouillant auprès de la chienne. Dépêche-toi, nous devons partir.

Je ne risque pas d'avaler carré, pensa la chienne en dressant les oreilles. Elle devient complètement neuneu, ma maîtresse, en fréquentant l'autre. Si elle s'imagine que c'est rapide de réduire en miettes ces choses dures comme de la pierre avec une si petite mâchoire et de si petites dents, je les lui laisse très volontiers comme plat principal, ces boules « dégueu », et je mange son steak à la place. Et d'abord, où va-t-on ? Je n'ai pas entendu parler d'une sortie. J'en aurais été informée d'abord. Il fut un temps où elle me consultait. Je frétillais de la queue pour lui indiquer quel manteau j'avais envie de porter pour ne pas me cailler et...

Dominique Pinota interrompit les pensées de Lolly en la soulevant de terre pour lui enfiler un vêtement neuf.

Quelle horreur ! s'exclama la chienne en grognant.

— Arrête un peu de bouger, Lolly, je n'arrive pas à te passer les pattes à travers les ouvertures. Je risque de te coincer les poils avec le scratch.

C'est fait, gémit-elle. J'ai eu droit à une épilation gratuite.

— Vous avez fini ? questionna Marc Nassan

— Pas encore. Il reste encore un accessoire, répondit Dominique Pinota en écartant le tissu en laine pour faire sortir les oreilles. Et voila ! Enfin prête.

Qu'est-ce que c'est que cette imbécillité ? se demanda Lolly en courant vers la chambre. Et ça gratte, en plus. De la mauvaise qualité, un article au rabais à cause de l'autre qui l'influence.

Mon Dieu, je suis grotesque là-dedans ! aboya-t-elle fortement devant la psyché. Si mes parents me voyaient accoutrée de la sorte, ils en pleureraient, moi, un chiot de pure race, issue d'une lignée ancestrale de Yorkshire terrier primée dans les concours canins. Je suis ridicule avec ce bonnet de Père Noël et ce manteau rouge en fausse laine. Il ne manquerait plus que j'enfile des bottines noires sur mes coussinets et la panoplie sera complète. Tiens, je l'enlève, son couvre-chef et...

— Mais tu es impossible ce matin, Lolly, gronda Dominique Pinota. Je ne l'ai pas payé cher mais quand même, j'espérais que tu le garderais au moins la journée.

Je me doute que cet accoutrement ne provient pas de la boutique du Lovely Dog mais plutôt d'un magasin discount, pensa la femelle chihuahua écœurée par le reflet que lui renvoyait le miroir. Depuis quand doit-on faire des économies ?

— Alors, nous y allons ? s'impatienta Marc Nassan.

— J'hésite entre le renard argenté et la cape au motif panthère, mentit Dominique Pinota qui essayait de maintenir le bonnet sur la tête de Lolly avec des barrettes de chignon.

Dès qu'elle fut déposée sur la moquette, Lolly quitta la chambre en trombe.

— Je vous attends dans la rue. Je l'emmène pisser, répondit Marc Nassan énervé en attrapant Lolly au passage avant qu'elle ne comprenne la fourberie.

Et mon sac de transport ? couina la chienne. Il cherche à m'humilier sur le trottoir. Ma maîtresse est aveugle. Elle ne s'en rend même pas compte.

Trente minutes après ce que Lolly considérait comme une honte mémorable, Dominique Pinota déambulait au milieu des véhicules tout-terrain exposés chez le concessionnaire dépositaire de la marque Toyota. C'était « La Référence » dixit son protégé. La riche sexagénaire avait consenti au caprice de l'homme, à savoir, l'outil indispensable à tout photographe reporter, le robuste 4x4. Le vendeur, ayant flairé la bonne affaire, conjuguait options et tarifs avec habileté. Il vantait l'excellence pendant que Lolly reniflait les pneus en tirant sur sa laisse. Devant l'étalage des carrosseries rutilantes et malgré les insistances du commercial, celle qui allait devoir payer la note faisait la moue. Dominique Pinota comparait les prix.

Marc brigue le plus cher, et avec ma fourrure sur le dos, le portefeuille devient crédible, s'interrogea l'acheteuse.

— Lolly a besoin de se dégourdir les pattes, prétexta-t-elle. Nous allons voir à l'extérieur.

Elle n'écouta plus leurs explications. Elle remonta le col du renard et entraîna la chienne dehors, abandonnant les deux parleurs. Elle se dirigea vers l'unique véhicule affichant sur sa plaquette un nombre où les euros ne grèveraient pas trop son budget. Elle ne comptait pas fragiliser ses placements boursiers et déstabiliser son train de vie pour une acquisition qu'elle considérait être une fantaisie. Elle estimait qu'elle avait déjà beaucoup œuvré envers celui qu'elle avait accueilli sans rien demander en échange.

Mécontent, Marc Nassan se dépêcha de sortir pendant que le vendeur allait chercher son listing des véhicules d'occasion sur son bureau. Il se colla contre elle et lui empoigna le bras avec brutalité.

— Il tombera en panne.

— Pas du tout. Il a peu de kilométrages.

— 236 000 au compteur, c'est peu selon toi. Madame s'y connaît en bagnole, rétorqua-t-il avec cynisme.

— C'est un Diesel. Il fera du chemin.

— Des chemins, il va en parcourir si je veux te photographier dans la campagne à la David Hamilton comme tu disais. Ne viens pas te plaindre lorsque le moteur sera hors circuit et que tu devras marcher dans les cailloux avec tes belles chaussures, justifia-t-il en la tutoyant encore une fois sous le coup de la colère.

— À quoi bon étaler devant autrui une querelle ridicule. J'assume entièrement les risques de cet achat, et tant pis si nous nous retrouvons perdus en forêt, coupés du monde, à lutter pour rejoindre la civilisation.

— J'avais de grands espoirs avec toi qui partent en fumée, lâcha-t-il dans le but de la culpabiliser. Si tu veux qu'une galerie renommée t'ouvre les portes, il faut que les œuvres soient à la hauteur et s'en donner les moyens. Ce 4x4 est un outil de travail parmi tant d'autres. De sa performance dépendront les opportunités.

— Inutile de prolonger ce débat. Ce sera celui-là ou rien, décréta-t-elle impérieusement.

Le tutoiement l'avait de nouveau choquée. Elle refusait cette intimité imposée sans consentement mutuel. Au sein de leur relation, elle avait accepté le sexe par orgueil, en aucun cas, la complicité des âmes.

Marc Nassan fulminait en son for intérieur. Il lâcha Dominique et afficha un sourire béat face au vendeur qui venait les rejoindre sur le parking.

— Nous prendrons celui-ci, annonça-t-il en manifestant une certaine fatuité. Il conviendra parfaitement.

— Désirez-vous l'essayer ? La mécanique est solide. Il ne vous décevra pas, ajouta l'homme contrarié d'avoir loupé la vente d'un véhicule neuf.

— Inutile. J'ai déjà conduit un modèle similaire, répondit l'intéressé avec la fierté du baroudeur dans la voix.

— Dans ce cas, allons remplir les formulaires répondit Dominique Pinota.

Les deux hommes abdiquèrent devant sa détermination. Elle devança le commercial en pénétrant seule dans l'établissement, droite et fière, Lolly trottinant à ses côtés, remuant la queue malgré son costume à trois francs six sous, convaincue d'être aujourd'hui le centre d'intérêt de sa maîtresse comme autrefois. La sexagénaire détenait les cordons de la bourse, elle extériorisait le fait. L'ancienne attachée de direction exsudait son autorité légendaire.

XXIV

10 heures 30.

Le pas lourd et traînant des gens fatigués se levant aux aurores, les paupières gonflées des femmes ayant pleuré des heures durant, le visage ridé par des années de lutte contre le malheur, la mère du prévenu incarnait à elle seule la misère du monde. Assise en face du commandant Dorman, Madame Sabine Bouveret paraissait beaucoup plus âgée que ses cinquante-sept ans malgré ses cheveux colorés d'un noir profond retenus en queue-de-cheval par un élastique rouge. Elle serrait contre sa parka bleu marine un cabas contenant l'indispensable de sa journée tout en essayant vainement de redresser un dos usé par les heures de ménage. À sa posture, le policier devina qu'elle avait plus souvent le regard tourné vers la terre que vers le ciel. Éreintée, elle bailla.

— Madame Bouveret, commença Dorman, votre fils a été interpellé par notre équipe à votre domicile ce matin dans le cadre d'une enquête en cours. Son comportement étant agressif, nous avons dû faire intervenir le Samu. D'ailleurs, le médecin urgentiste l'a reconnu immédiatement.

— Je sais. Il m'a contacté pendant le travail.

— Bien.

— Il lui a fait une piqûre comme à chaque fois qu'il est en crise. Après, ça lui passe. Le docteur Kardaskian le gardera quelques jours dans son service et il rentrera à la maison avec un autre traitement.

— Puisque vous évoquez le sujet, le médecin a dû vous signaler que votre fils peut ne pas regagner votre appartement de suite.

Le commandant ne souhaitait pas contrarier cette femme sur le moment, en lui ôtant ses illusions face à la réalité. Il la ménageait.

— Pourquoi ?

— Il est suspecté dans une affaire délicate. Il aurait agressé une vieille dame chez elle, Madame Charlotte Chamberline, à Torvilliers.

— Je ne connais pas cette personne. Je n'en ai jamais entendu parler. Mon fils n'est pas un violent. Il ne sort pas de la maison. Il ne ferait pas de mal à une mouche.

— Pourtant, Madame Bouveret, ses empreintes ont été identifiées sur place, ainsi que son ADN et son groupe sanguin. Il y a eu agression ayant entraîné la mort. C'est un délit grave qui relève du pénal. Il risque une peine de prison.

— Ce n'est pas possible. Vous vous trompez. Des erreurs, cela arrive tous les jours, on le voit à la télé.

— Nous ne sommes pas dans une émission de téléréalité, Madame Bouveret. Cette personne a été tuée dans son fauteuil et votre fils est notre principal suspect. Ses empreintes et son sang ont souillé les lieux de la victime. Je vous conseille de lui prendre un avocat sans tarder, un commis d'office peut convenir.

Dorman n'avait pas osé prononcer le mot « crime ».

— Ceux qu'on n'est pas obligé de payer ?

— Exactement.

— Et pourquoi je devrais en prendre un, d'ailleurs, s'entêta-t-elle, refusant d'admettre les propos explicites du policier.

— C'est la loi et ce sera mieux pour lui, dans son cas.

— Qu'est-ce qu'il a son cas ? Mon fils est un gentil gars.

Elle s'effondra sur la chaise tourmentée par ce qu'elle redoutait le plus. Le docteur Vandermeer l'avait mise en garde, pourtant, il y a bien longtemps, mais elle avait fini par oublier, et voilà que les présages du médecin se concrétisaient. Les images vécues remontèrent à la surface. Elle se souvint en frissonnant d'effroi. Une bouffée délirante avait dévasté son fils durant sa seizième année, un délire plus fort que tous les autres auquel elle avait assisté, impuissante à le raisonner. Il avait brisé plusieurs objets avant de la menacer puis de la battre violemment. Elle avait craint pour sa vie. Elle s'était défendue en l'assommant avec un vase en terre cuite. Aujourd'hui, elle comprenait son erreur d'avoir occulté le drame.

Une larme coula sur sa joue, roula jusqu'à son cou et disparut dans son écharpe en laine tricotée.

— Si Claude était coupable, je lui aurais fabriqué un alibi au lieu d'aller travailler aujourd'hui, argumenta-t-elle afin de le disculper. Nous nous serions enfouis. Je l'aurais caché. Être le parent d'un garçon comme lui, à arpenter les hôpitaux depuis qu'il est adolescent au moins une fois par trimestre, c'est devenir un fantôme. Vous ne vivez plus pour vous, vous survivez à l'avenir pour que votre enfant puisse continuer à vivre. C'est ma croix et elle est lourde à porter. On a tous, notre lot, la mienne, c'est Claude.

— Et les bonnes actions peuvent se bâtir sur de mauvaises raisons.

— Qu'entendez-vous par là ?

— Je me comprends. Que dit son psychiatre habituel ?

— Le docteur Vandermeer ?

— Si c'est celui qui le suit en dehors de l'hôpital, oui, je parle de celui-là.

— Je n'y comprends pas grand-chose, vous savez. Les mots sont des termes médicaux avec des noms savants. C'est un homme bon. Parfois, il lui change le traitement et me donne un échantillon pour voir si son effet est meilleur mais cela fait un moment qu'il ne l'a pas fait. Il est stable, mon fils, alors pourquoi aurait-il agressé une vieille femme, comme vous dites ? Et puis comment il y serait allé ? Il n'a pas le permis de conduire. Comment voulez-vous qu'il fasse pour se déplacer ?

— Il aurait pu téléphoner à quelqu'un qu'il connaît. Il nous a ouverts sans difficulté ce matin.

Elle bascula vers lui, avança le buste avec un air de confidence ou de justifiable. Elle avait ce besoin viscéral de se déculpabiliser, de proférer des excuses. Elle n'avait pas été présente au moment opportun. Un instant, elle le crut coupable et se retrancha derrière une assertion qu'elle voulut sincère.

— Je ferme jamais la porte, justement, au cas où il lui arriverait malheur comme vous dîtes, mais, de toutes les façons, il ne fréquente pas le voisinage, mon gamin. Il reste seul dans l'appartement. J'ai mis mon numéro de téléphone au-dessus du combiné pour qu'il fasse le numéro si jamais il s'angoisse le matin, et je le tranquillise par ce moyen jusqu'à ce que je rentre vers 10 heures. C'est le docteur qui m'a dit de faire comme ça à la dernière visite. La journée, il est avec moi et le soir, quand je pars, il dort déjà avec les cachets que je lui fais avaler. Il dîne à 18 heures et s'endort à 19. Je finis à 23 heures le ménage des bureaux et je rentre tout de suite.

— Et les biscuits ?

— Pour calmer ses angoisses, justement. Il se comporte, dans ces moments-là, comme un vieux dans une maison de retraite m'a dit le docteur Vandermeer. Il m'a conseillé de lui en laisser toujours à portée de mains, de ne pas changer la forme de la boîte pour qu'il la reconnaisse et de la laisser toujours sur la table, au même endroit, à côté de l'ordinateur. Je la remplis au fur et à mesure. Il est rassuré par le goût sucré et le chocolat. Je préfère lui acheter ça que des bonbons.

— Et concernant l'ordinateur en veille ?

— Oui. Aussi. Voir les poissons nager détend Claude. Cela fait partie de la thérapie.

— Et donc, en définitive, il était angoissé en ce moment.

— Non, mais non, pas du tout, se récria Madame Bouveret en surgissant du retranchement dans lequel ses pensées avaient fui, se métamorphosant en défenseur malgré elle. Il se parlait à lui-même, pas plus que d'habitude.

— Bien, conclut Dorman qui sentait la mère retranchée dans un bunker « sentimento-filial ». Je vais noter l'adresse de son médecin et vous libérer. Nous serons appelés à nous revoir certainement, Madame Bouveret. Il y a eu meurtre, malheureusement.

— Mon fils est un gentil gars, ce n'est pas lui, le docteur vous le confirmera.

Le commandant Dorman ne répliqua point. Le désarroi qu'il lisait sur le visage de cette femme marquait le respect.

Et, pourtant, Dieu m'est témoin que le temps ne guérit pas la moindre blessure, pensa-t-il en la raccompagnant jusque dans le hall du commissariat. Madame Bouveret est comme toutes ces mères excusant leurs fils, incapables d'amalgamer horreur et progéniture, des mères qui les innocentent envers et contre tous, des mères qui ne donnent pas naissance à des monstres. Ce n'est pas concevable dans leurs têtes.

14 heures.

Le commandant avait souhaité que Morgane l'accompagnât pendant que le lieutenant Mathieu et le brigadier Piot procéderaient à la tournée des carrossiers et des garagistes avant celle des concessionnaires. Un labeur qui n'avait pas enchanté Mathieu.

« Avec un temps pareil, autant rester au chaud à la boutique que de s'attraper la crève », avait-il dit à Piot en quittant le commissariat. « Il ne manquerait plus que nous soyons malades avant l'examen. L'hiver, on est dehors à se les geler au lieu d'être dedans collés au radiateur, et l'été, c'est l'inverse, on sue au lieu de profiter de la clim ».

Justification du boss auprès de l'équipe : « J'irai avec Morgane chez Vandermeer, quatre oreilles valent mieux qu'une paire pour déchiffrer le jargon médical, quant à vous deux, vous irez vous entraînez au stand de tir en rentrant ».

Une perspective alléchante qui ne contrebalançait pas pour autant l'ordre donné.

14 heures 40.

Les mots qu'employait le psychiatre, depuis le début de leur entretien dans ce cabinet au décor impersonnel, étaient abscons. Vêtu d'habits aux couleurs criardes à l'image du lieutenant Duharec qui affectionnait le jaune, le rouge et le vert, il leur parlait avec forte emphase, colonne vertébrale droite dans son beau fauteuil en cuir derrière son bureau. Il leur commentait, à titre d'exemple et à grand renfort de détails, la psychose hébéphrénique à tendance paranoïaque commencée dès l'adolescence chez un jeune, psychose à laquelle on pouvait ajouter un éventuel dédoublement de la personnalité. Il expliquait en termes généraux, se retranchant derrière le sacro-saint secret professionnel.

Les deux policiers se regardèrent en ayant le sentiment que le docteur Vandermeer se payait leur figure depuis une demi-heure en les rabaissant avec ces phrases techniques. Ils avaient la nette impression que l'homme, qui sondait les profondeurs de l'inconscient, décortiquait leurs cervelles avec un sans-gêne inconvenant. Les deux D en étaient stupéfiés. Le médecin avait habilement retourné l'interrogatoire à son avantage et il était en train d'analyser leurs réactions. Ils étaient venus à la pêche aux infos et ils subissaient une étude comportementale dans les règles de l'art. N'y tenant plus, le commandant se leva de son siège avant que Vandermeer ne lui sortît les tests de Rorschach. Dorman inversa les rôles. Il toisa celui qui se prenait pour le thérapeute des cerveaux dérangés.

— Arrêtez votre beau discours, Docteur Vandermeer et revenons à des précisions rationnelles. Votre patient était-il violent ? La question est simple et directe.

— Cela dépend.

— De quoi ?

— Du contexte.

Alors là, pensa Morgane, on avance à pas de géant.

— Et ?

— Je dirais que dans certains cas de schizophrénie, bien que le patient soit sous traitement, j'entends, il peut se produire une bouffée délirante où le sujet, ayant perdu ses repères, pourrait aborder une phase d'état confusionnel hostile et farouche.

— Vous voulez dire qu'il ne serait plus en phase avec la réalité.

— Dans un sens, oui.

— Et dans un autre sens ? Quel serait le degré de l'hostilité ? Votre avis compte pour notre enquête. Il nous faut déterminer à quel niveau votre patient est impliqué.

— D'après ce que vous m'avez décrit, l'acte commis pourrait être la fâcheuse résultante d'une fausse interprétation de l'environnement proche ayant conduit votre meurtrier au passage à l'acte. Nous expions tous quelque chose en ce bas monde, le tout est de savoir quoi. Dans votre cas, l'expiation est directe, sans détours ni préambule, difficile à comprendre pour le commun des mortels qui ne voit que ce qu'il a envie de voir.

— Ou bien, comme on dit dans notre jargon, derrière le sourire narquois du criminel se cache la noirceur. Bouveret serait donc coupable sans en avoir conscience. Une sorte de confusion mentale, en quelque sorte, au point de confondre les lieux et les personnes.

— Cela n'est pas aussi simple. Je vous renseigne sur la généralité. La maladie est beaucoup plus complexe. Auparavant, nous parlions de démence ; aujourd'hui, nous parlons de troubles de la pensée marqués par la discontinuité, le flou, l'incohérence, aboutissant à un retrait vers le monde intérieur du malade et un repli sur soi accompagné d'hallucinations.

— Le mal est-il donc si obscur au point que vous n'auriez pas su le discerner au cours de vos consultations régulières ?

— Freud a ouvert la voie de la psychanalyse mais il y a tant à découvrir dans la matérialisation de la pensée avec ses désirs et ses refoulements que des dérives existent et échappent à notre vigilance. Les conséquences varient malgré tout d'un patient à un autre. Les symptômes décrits le plus souvent dans les colloques sont issus des statistiques cliniques, mes confrères vous le confirmeront, seulement, chaque être avec sa pathologie diffère et ne peut s'amalgamer ni au précédent, ni au suivant.

— En définitive, si je suis un raisonnement pragmatique, un individu peut être violent dans un accès de démence tout en n'ayant pas conscience de ce qu'il est en train de commettre.

— C'est exact. Vous avez bien résumé la situation. Il déculperait sa force physique devant une interprétation faussée de la réalité vécue. La mémoire filtre et efface le délire présent. Votre individu a comme un blanc dans son passé, un trou noir lorsqu'il reprend contact avec le monde extérieur, si vous voulez, pour être simpliste.

— Bon, nous allons en rester là pour l'instant, termina Dorman qui n'avait pas réussi à orienter l'entretien sur Claude Bouveret.

— Heureux d'avoir pu vous être utile, conclut le psychiatre en refermant la porte derrière eux.

Vandermeer alla se servir un whisky on the rocks avant son rendez-vous de l'après-midi. Il était peu satisfait de son interprétation. Il doutait d'avoir su convaincre ce policier rétif. Il allait devoir rester sur ses gardes.

— Qu'elle est votre ressenti, patron ?

— Notre toubib se targue d'une longue expérience qui pourrait s'apparenter à de la poudre aux yeux. Il essaye de nous faire avaler des billevesées pour noyer le poisson. Avec ces psys, that is the question ? Il a occulté de par son diagnostic hautement tarabiscoté et ampoulé la participation de son patient au crime. Un crime qu'il n'excuse pas dans les faits et qu'il fait rejaillir sur un tueur lambda, avez-vous remarqué, Morgane ?

— En tout cas, l'implication du jeune Bouveret paraît s'affirmer. Le nœud de la magistrature se resserre autour de son cou à lui.

— Un drôle de jeu de mot, Morgane.

— Vrai, c'était facile, j'avoue.

XXV

16 heures.

Essais concluants. Elle en a sous le capot la guimbarde, constata le conducteur en actionnant le manche de la boîte de vitesses. Il testait la résistance du monstre en terrain accidenté depuis le début de l'après-midi. Il slalomait en visant les ornières glissantes de la forêt communale, braquant d'un coup sec le volant, ce qui arrachait des jurons aux deux hommes qui l'accompagnaient dans ce périple.

— Merde ! Ça suffit ton cirque ! Arrête de nous secouer comme ça ! On n'est pas venu pour être ballottés comme de vieux sacs de patates. Tu fais chier !

— La ferme, derrière ! Vous n'avez qu'à penser au fric que vous allez vous faire.

— En attendant de voir le blé, on se les pèle dans ta bagnole. Tu n'es pas d'accord, Norbert ?

— Ouais. Monte donc le chauffage de la caisse si tu veux qu'on soit beaux comme des ministres, railla-t-il en faisant un clin d'œil à son voisin. Ce n'est pas avec les frusques que j'ai sur le dos que je peux affronter le froid.

— Mauviettes ! Voilà ce que vous êtes, vous deux ! brailla Marc Nassan. J'en ai marre de vous entendre. On descend ici, ça ira.

— Eh mec, tu n'as pas vu où on est ? En pleine cambrousse. On ne voit même plus le sentier. Tu vas nous paumer.

— C'était l'idée. Désapez-vous pendant que je sors le matos du coffre.

— Tu es malade ou quoi ? Je n'y vais pas à poil, râla Norbert.

— Il n'y a personne aux alentours, t'inquiète mon vieux, dit Serge Lebon en enlevant son pantalon à l'intérieur du véhicule. Tu n'as qu'à garder ton pull jusqu'au dernier moment et tes godasses aussi.

— Dépêchez-vous, la luminosité faiblit. Après, cela n'ira plus, annonça le photographe sur un ton péremptoire.

Le professionnalisme de Marc Nassan s'était réveillé au contact de la nature. Il scruta les branches dénudées, évalua les contrastes, ajusta le zoom et se décida pour shooter proche d'un bouleau entouré de buissons suffisamment feuillus qui étaient encore recouverts de neige. Il fit signe aux deux hommes d'avancer vers l'arbre désigné.

— Pas question de se salir les jambes, gueula-t-il à leur intention.

— Connard, murmura Serge Lebon. Si je n'avais pas besoin de ce putain de blé, je serais devant la cathédrale à faire la manche et j'aurais moins froid. J'ai les lèvres qui gercent sur place. Je ne risque pas de siffler comme un pinson, d'ailleurs, ça caille tellement que même les oiseaux se taisent, pas un modeste chant mélodieux à écouter, et regarde-le, comme il s'y croit, le reporter de mes fesses à émerger des broussailles. On dirait qu'il parle à la forêt, qu'il communique avec les arbres en caressant leurs écorces comme si elles étaient des femmes.

— Tu es un poète, toi. Tu causes bien.

— Ferme ta gueule, Norbert, et avance. Je n'ai pas envie d'y passer la nuit à ces imbécillités.

Au même moment, ledit Norbert trébucha sur une racine et se raccrocha à son copain qui râla de plus belle.

— Eh, tu es con ou quoi, tu vas nous faire tomber et envolé le pognon. Ce mec est complètement barge. Fais gaffe où tu fous les pieds.

Aucun tabou ne pouvait être toléré, telle avait été l'exigence du recruteur.

Marc Nassan positionna un des deux hommes la face contre le tronc de l'arbre, cachant ainsi son sexe. Ils étaient nus comme des vers de terre et frigorifiés. Marc Nassan ordonna à l'autre de venir se plaquer contre lui et celui-ci dut lui entourer les hanches dans une position ambiguë de sodomie. Le photographe savait très bien qu'avec le froid ambiant, l'érection était impossible, mais il tenait à suggérer une homosexualité sauvage et naturelle qui contredirait les prises de vues érotiques sophistiquées qu'il avait prises avec son hôtesse. Au bout d'une vingtaine de minutes, il testa la moralité de ces modèles aux membres engourdis en les obligeant à simuler une fellation moyennant un supplément. Les animaux aux alentours purent entendre un cri puissant jaillissant des entrailles de Norbert : « putain, tu nous emmerdes avec tes idées à la con ».

Dès que le jour déclina, les pieds violets et terreux, le cul gelé et les lèvres bleuies, les deux élus de l'objectif, transis, s'engouffrèrent dans le 4x4 pour se rhabiller. La séance était close. Marc Nassan était satisfait. Il offrit une tournée générale d'un whisky bon marché qui réchauffa les deux SDF. La bouteille passa de mains en mains en de nombreuses reprises. Au bout d'un quart d'heure, éméché et hargneux, le faciès rougi par l'alcool, Serge Lebon se lança à réclamer son dû.

— Quand est-ce que tu nous donnes notre fric avec le supplément ?

— Tu as peur de ne pas être payé ou quoi. Je n'ai qu'une parole.

— Ne nous mène pas en bateau, mec. On ne te connaît pas assez. Tu causes à personne, alors, ne fais pas le mariolle, dit-il en sortant un opinel à moitié rouillé de sa veste.

— Range ça. Tu as l'air d'un con avec ton couteau de gosse, répondit Marc Nassan en stoppant le véhicule.

Il se retourna le visage menaçant.

— Je n'aime pas les emmerdeurs. Je vous file cent euros chacun et c'est bien vendu. Je vous ramène au centre-ville. Vous pourrez boire à ma santé et vous saouler la gueule tant que vous voudrez. Il me semble que la dernière fois, vous étiez bien contents de me tenir compagnie jusqu'à deux heures du matin. Alors, fermez-la, on repart et je vous paye dès que nous serons rentrés au bercail.

Serge Lebon et Norbert approuvèrent de la tête sans piper. Ils se contentèrent de boire au goulot le liquide ambré jusqu'à la dernière gorgée, essuyant leur bouche avec le revers de leur manche. Ils jugèrent qu'il valait mieux se la fermer, effectivement.

XXVI

18 heures.

Salle VIP du commissariat.

Débriefing rapide.

Le commandant Dorman luttait pour imposer sa volonté à élucider le mystère d'un meurtre hors du commun, à dénicher le protagoniste de l'affaire. Il avait beau répéter à l'équipe que l'arrestation de Claude Bouveret lui paraissait trop simpliste, il était le skipper solitaire naviguant dans la tempête des contradictions. Il fut contraint de régenter ses collègues à contrecœur. Il déclara qu'une nouvelle fouille de la maison Chamberline devait être opérée centimètres carrés par centimètres carrés afin de dénicher un mobile plausible autre que celui de la bouffée délirante qu'argumentait le psychiatre en plaidant la justification mortifère de ces jeunes perturbés au cours de l'adolescence qui étaient attirés par le mystique et le paranormal, mobile qui contredisait l'assertion de la mère répétée inlassablement au cours de l'interrogatoire. Il décida que l'équipe devrait trouver des éléments tangibles dans la botte de foin qu'était cette baraque pour corroborer l'hypothèse de Vandermeer à laquelle les trois policiers présents adhéraient. Il décréta qu'ils œuvreraient tous ensemble puisque la visite hospitalière n'était pas envisageable avant quarante-huit heures, le suspect étant hors circuit par une camisole chimique, et que, sur place, un des leurs en profiterait pour retourner voir le vieux avec la photo du jeune en vue de la confirmation. Au moins, ce chapitre serait clos.

Dorman étayait son discours par des phrases qu'il souhaitait pertinentes et qui ne persuadaient personne dans la petite pièce. Il était bien le seul et l'unique convaincu à s'impliquer émotionnellement. Il haranguait dans le vide et cela le chagrinait fortement. Selon lui, dans une affaire de meurtre l'extrapolation n'avait pas sa place, seuls l'ordre, la méthodologie et la clairvoyance étaient les clés de la réussite. C'était folie de penser qu'il n'y avait que de grands indices, l'importance des petits apportait aussi de l'eau au moulin et les aubes remonteraient à la surface une solution bien trempée. Il conclut solennellement son argumentation par un « étant donné que Bouveret n'avait pas le permis de conduire, il existait un complice qu'il leur faudrait démasquer ». Il les libéra tous les trois à contrecœur. Il regagna son bureau et se jeta sur le dernier Comté emballé dissimulé dans son pot à crayons. Il poussa un profond soupir, découragé.

Il se consola en songeant qu'aucun n'avait pipé et qui n'avait dit mot, avait, en définitive, consenti.

XXVII

20 heures.

Marc Nassan posa l'enveloppe sur la console. Les doigts bagués s'en emparèrent aussitôt. Il évalua la réaction.

En contemplant les clichés pris, Dominique Pinota reçut une douche froide. Elle se croyait la reine et, en moins d'une minute, elle avait été détrônée. Devenue esclave de sa passion envers son protégé, elle perdit l'équilibre. Une émotion négative naquit en elle, une souffrance à peine dissimulée trempa son âme. Son orgueil avait été piétiné, son bien-être affectif aussi. Un émoi orageux mobilisa son esprit. Elle éprouva de la jalousie envers ces inconnus qui rivalisaient avec son corps qu'elle avait cru, en un instant de naïveté, désirable et désiré. Leur nudité indécente la supplantait. L'esthétisme qui s'étalait sous ses yeux dans une telle pureté lui devint intolérable. Rouge de dédain et de colère, elle alla s'enfermer dans sa chambre. Marc Nassan entendit l'eau du bain couler. Il adressa à Lolly couchée devant la porte un sourire grimaçant qui en disait long sur ses intentions futures. Les agissements de l'homme mûrissaient lentement mais sûrement, bientôt, il cueillerait le fruit de sa patience.

Il sortit grâce au double des clés que Dominique Pinota lui avait confié dans un élan de générosité.

Lolly alla se coucher dans son couffin.

XXVIII

21 heures.

Morgane buvait les paroles de son bien aimé tandis que Dorman somnolait dans la bergère, une tisane à la main. Le capitaine des stups racontait comment un ancien hangar industriel transformé en galerie d'art à Châlons-en-Champagne servait de couverture à un trafic d'objets volés.

— Ces imbéciles avaient coupé le bâtiment en deux par une cloison en parpaings bruts, expliquait-il, sans se rendre compte que de l'intérieur, si vous comptiez le nombre de fenêtres, vous n'obteniez pas le nombre équivalent à celui de l'extérieur. En explorant le local d'à côté loué par un prête-nom, nous avons deviné la supercherie en découvrant une porte dérobée qui communiquait entre les deux. Un jeu d'enfant. Il nous a suffi d'attendre que les voyous fassent leur plein de marchandises pour leur tomber dessus et les coffrer. En un mois, c'était bouclé.

— Pas aussi facile, à la criminelle, lâcha Dorman en buvant une gorgée.

— Et si on discutait de nos projets d'aménagement, émit la jeune femme qui s'attaquait à la morosité de son patron par un sujet séduisant.

Le commandant changea de position. Il éprouva un intérêt soudain. Il s'anima. Morgane avait fait mouche.

Mardi 28 novembre

XXIX

5 heures 30.

Il entendit la respiration de la femme dans le couloir, immuable au dimanche, une respiration sifflante qui lui rappelait le bruit d'une balle tirée par un sniper dans le désert, à peine perceptible mais parfaitement audible pour celui qui se tenait sur ses gardes devant la porte. Cela ressemblait à un sifflement régulier de nez bouché, conséquence de la rage expulsée contre lui la veille au soir. Il avait voulu tester les états d'âme de son hôtesse et en avait déduit qu'il était grand temps de passer à la vitesse supérieure. Le rôle de gigolo qu'elle lui faisait vivre depuis trois jours devenait trop pesant et nuisait à sa réputation d'aventurier. Il ne le supportait plus.

Tirer profit de ton argent, ma bienfaitrice, a été amusant, murmura-t-il avant d'entrer. Abréger mes desseins en envenimant cette situation précaire tout en conservant mon objectif devient, aujourd'hui, la solution idéale. J'enclenche le turbo, ma cougar au bois dormant.

Marc Nassan tourna la poignée et entrebâilla doucement la porte.

Les volets roulants n'avaient pas été abaissés. La clarté lunaire se reflétait sur la rambarde gelée de la terrasse. L'astre voilait la pièce d'un bleu argenté. Il discerna malgré tout les objets et put éviter de trébucher sur la robe de chambre en soie qui avait glissé du valet. Il contourna le lit. La chienne ouvrit les yeux et se redressa. Méfiante, elle bondit en direction du boudoir et se coucha aux pieds de la méridienne. Elle veilla au grain. Dominique Pinota dormait toujours d'un sommeil de plomb lorsqu'il se glissa sous les draps. Lentement, il la découvrit en tirant vers lui la couette et s'allongea près d'elle. Il étudia avec minutie le corps dénudé en demi-teinte. Il n'avait pas remarqué jusqu'à présent les taches brunes de vieillesse qui parsemaient son épiderme, ces grains de beauté enlaidissant une peau flasque.

La vache ! s'exclama-t-il tout bas, sourcils froncés, habité par une morgue non maîtrisée. Elle a quelques années de vol derrière elle, la Pinota, sans ses fringues et sans son maquillage. Si je veux lui faire cracher son oseille, il va falloir que je ruse avec le logiciel de retouche d'images pour la sublimer, la vieille. Merde ! Je ne l'avais pas vraiment détaillée auparavant. Je devais en tenir une bonne, de cuite, dans la baignoire, l'autre fois. Elle est toute fripée. Encore une qui bronzait sous lampe en cabine. Tu parles d'un scoop révélé par un rayon lunaire, ça alors !

Minute sentimentale.

Il dessina sur son visage un cœur par un doux et léger souffle. Il s'appropria ce corps endormi en la pénétrant avant qu'elle ne se réveillât. Elle bougea sous lui, paupières closes, réceptive aux oscillations lentes du bassin de son amant. Il ondula en chantant à voix basse un air de Ramazzotti bien qu'il n'eût jamais compris pourquoi les femmes, en général, appréciaient ce genre de sérénade à l'italienne. Entre deux notes susurrées dans le creux de l'oreille dépourvue de bijoux, il perçut les premières secousses de la belle somnolente, puis vinrent quelques tremblements subtils qui s'achevèrent en une frénésie de convulsions érotiques qui surprirent le fornicateur par leur puissance. L'orgasme vaginal secouait encore la femme lorsqu'il quitta la couche.

Il eut vite fait de se laver et d'enfiler des vêtements propres. Avant de partir, il accrocha le double des clés de l'appartement au porte-clés du 4x4. Il ne souhaitait pas que l'hôtesse les lui reprenne. Il garderait de force son autonomie.

Je lui fais un procès d'intention à cause de cette intrusion dans notre rituel photographique, songea Dominique Pinota, complètement détendue sous les draps. Reprends-toi, ma fille, son acte n'est pas si terrible en soi. Il y a de la méprise venant de moi. Il s'adonne à sa passion. Je dois intégrer le fait de ne pas être forcément la vedette sur la pellicule bien qu'il m'en coûte. Mais que cherchait-il de si exceptionnel et de si spectaculaire avec ces Apollon de pacotille au milieu d'une forêt enneigée ?

Les yeux mi-clos, Dominique Pinota n'arriva pas à percer le sens ultime de sa propre question. Elle finit par se rendormir et sombra dans un sommeil profond pendant plus de trois heures en proie à des images confuses jusqu'à ce qu'elle fût réveillée par les aboiements de Lolly. La petite chienne grognait à l'encontre des deux individus qui se tenaient dans l'entrée. Marc Nassan la souleva et lui bloqua le museau pour la faire taire.

— Ferme la, sale cabot, dit-il au moment où la belle endormie sortit de sa chambre en déshabillé mauve.

Elle reconnut aussitôt l'homme qui avait posé nu dans la neige. Ce dernier la dévisagea outrageusement, reluquant les formes suggérées par le tissu transparent. Offusquée par l'insistance et ravie, à la fois, par l'admiration qu'elle suscitait, elle soutint son regard. L'intensité des pupilles de l'homme avouait son abstinence sexuelle faute de partenaire consentante. Il la mangeait des yeux et avait hâte de satisfaire son appétit.

— Je fais mon mea-culpa, clama Marc Nassan avant qu'elle ne l'interroge sur cette intrusion. Devant votre emportement d'hier soir, j'ai envisagé de vous photographier ensemble tels la belle et la bête, le duo revisité façon Nassan. Je vous présente Serge Lebon dont les parties intimes n'ont plus de secret pour vous. Qu'en pensez-vous ?

Elle entrouvrit les lèvres mais aucun son ne put en sortir. Marc Nassan en déduisit qu'elle était d'accord et lui adressa un sourire enjôleur en caressant subitement la chienne qu'il tenait toujours dans ses bras. Lolly releva les babines pour le mordre. Il la posa à terre avant qu'elle ne s'apprêtât à lui dévorer la main. Elle suivit sa maîtresse qui retourna dans sa chambre.

Un de ces quatre matins, je te ferais ta fête, le clébard, pensa Marc Nassan en allant vers la cuisine.

— Viens, suis-moi, dit-il en s'adressant à Serge Lebon. Je vais te faire un café pendant que Madame se prépare.

Vingt minutes de recommandations.

L'homme écouta attentivement.

Il enleva son bonnet de laine usagé en signe d'approbation. Bien qu'il considérât celui qui se tenait en face de lui comme un crève-la-faim au même titre que sa propre personne, il envisagea la mission réclamée par le photographe sous un angle prometteur : celui d'un plaisir rémunérateur au refus non envisageable, d'une aubaine dont il se vanterait auprès de ses copains aussi miséreux que lui.

C'est Norbert qui va en baver de jalousie, pensa-t-il. On va bien rigoler, tout à l'heure, en vidant la chopine.

Il en était là à chercher des improvisations érotiques lorsque celle qu'il convoitait pénétra dans la cuisine escortée par Lolly. Elle portait une robe de cocktail rouge s'arrêtant juste au-dessus du genou. Elle s'était chaussée d'escarpins à talons aiguilles de couleur lie-de-vin qui affinaient ses jambes épilées. Elle lui parut fort élégante. Serge Lebon sentit sa verge se tendre rien qu'en la regardant. Il nota que la dame n'était pas de première fraîcheur mais, comme disait le proverbe : « à cheval donné on ne regarde pas les dents ».

Le SDF s'inclina devant la promise aux boucles d'oreilles en or jaune en forme de feuilles effleurant les épaules dénudées. Cette femelle offerte était un cadeau de Noël avant l'heure et c'était le sien de cadeau, ce présent à la couleur flamboyante. Il y avait si longtemps qu'il n'avait pas vu d'arrières charmes ni d'amoureux sillon qu'il avait fini pas croire que seule une masturbation au clair de lune avait la capacité d'assouvir ses pulsions charnelles. Aujourd'hui, il prouverait à ce photographe pervers et dégénéré que ce dernier avait eu raison de le choisir parmi les prétendants potentiels de l'amour à trois balles. Il donnerait du corps à en crever sur place. Il épuiserait la belle dans toutes les positions du Kamasutra puisque telles avaient été les conditions requises dans le contrat.

Marc Nassan ignora la présence de la maîtresse de maison et partit s'enfermer dans le boudoir avant qu'elle ne comprît son dédain. Les deux esseulés perçurent les bruits caractéristiques de tiroirs ouverts et refermés sans ménagement, puis un drôle de raclement qui leur signala l'éventuel déplacement d'un meuble. Les sons entendus finirent par inquiéter Dominique Pinota sur la provenance de ce remue-ménage. Elle entra prestement dans sa chambre, suivie de près par la chienne qui grimpa sur le lit, elle-même suivie par celui qu'elle considérait comme un nouvel importun.

Dominique Pinota surprit Marc Nassan en train de trier ses sous-vêtements. Serge Lebon loucha sur les guêpières, les bas, les slips et les porte-jarretelles en se disant qu'il éjaculerait volontiers au milieu de toutes ses dentelles.

— De quel droit fouillez-vous ma lingerie ? s'emporta-t-elle. C'est une manie chez vous que je vous prie de cesser séance tenante.

— Du droit que je professionnalise ma recherche photographique dans cette demeure avec le peu que je trouve, riposta-t-il. Si vous pensez qu'il est facile de vous transformer en nymphette, j'ai besoin d'artifices pour y arriver. Il me faut quelque chose d'attrayant.

— Vous auriez pu me demander au lieu de tout chambouler. Je vais devoir ranger après votre passage, rétorqua-t-elle.

— Ne vous donnez pas cette peine. Nous devrons certainement procéder à différents essayages.

— Je refuse de m'y soumettre. La dernière fois était trop éprouvante.

— Madame se plaint, Madame se lamente mais Madame s'épanchera en vantardises auprès de ses copines lors du vernissage, car vernissage il y aura, n'est-ce pas ?

— Il est inutile de palabrer sur un fait établi. L'engagement a été pris avec mon amie Madeleine Jouves l'autre soir. Je m'y tiendrai.

L'hôtesse frémit. Elle obtempéra.

— Donc, en conclusion, je vous dirige et vous obtempérerez sans rechigner. Je ne veux pas entendre de jérémiades qui nuiraient à la séance et nous retarderaient inutilement. Sur ces belles recommandations, au boulot, attrapez ça et changez-vous, dit-il en lançant sur le lit un ensemble soutiens-gorge et slip brésilien au motif panthère que Lolly évita de justesse en sautant à terre. J'ai suffisamment de visuels habillés. J'opte pour le nu façon tigresse avec votre partenaire à poil. Allez-y franchement Je veux du sublime. Je veux de la beauté dans la laideur. Surpassez-vous ! Étonnez-moi, vous deux ! Et enfilez des bas résille à élastiques qui tiennent, pas question qu'ils dégringolent sur les chevilles.

No problèmes, pensa Serge Lebon qui se dévêtit rapidement. Il avait déjà le sexe en érection. Je vais lui fourrer mon vit dans sa chatte à la vieille, ça ne va pas traîner.

— Calme tes ardeurs, abruti, gueula Marc Nassan. Bande pas comme ça sinon tu vas larguer le paquet avant d'avoir quitté le port.

Elle n'aura qu'à me sucer et je la grimperai encore, ta morue, pensa-t-il en touchant les bonnets en soie de ses doigts calleux aux ongles rongés.

— De la sensualité pour le début et après je shooterai du hot si ta verge se tient toujours droite. Allez-y. Du naturel et de l'érotisme. Je démarre en rafales. On shoote dans le boudoir.

Penché au-dessus d'elle, avide de déguster la friandise que représentait la femme alanguie sur la méridienne, Serge Lebon glissa son index sous la bretelle droite et fit jaillir le sein. Il fut étonné par sa fermeté et sa rondeur. Cela l'excita encore plus. Il approcha son sexe de la bouche vermeille et passa son gland sur les lèvres fermées, puis descendit jusqu'au mamelon. Il sentit frémir sa dulcinée d'un jour. Il se courba un peu plus vers la poitrine offerte à son appétit sexuel. Il entreprit de dégager l'autre sein avec ses dents en tirant sur le tissu qui se déchira sous l'effort.

— C'est parfait tout ça, vous y êtes, jubila le photographe. Les photos seront sublimes !

Enthousiasme photographique.

Galvanisé, Serge Lebon souleva la croupe de sa belle et l'attira vers lui avec une telle fermeté que Dominique Pinota ne put s'accrocher aux coussins qui lui calaient le dos une minute auparavant. Ils glissèrent sous elle. Elle se retrouva allongée de tout son long sur le canapé dans une position inconfortable, le visage frôlant les testicules sentant l'urine. Elle voulut se débattre. L'homme posa ses genoux sur ses épaules et la maintint plaquée contre les coussins qu'elle affectionnait tant. Il tendit de nouveau sa verge vers la bouche. Il désirait une fellation avant de la pénétrer. Elle serra les dents.

— Ne faites pas votre mijaurée ! tonna Marc Nassan debout sur un des fauteuils crapaud qu'il avait déplacé. De toute manière, on ne pourra pas vous reconnaître. Je tire en vue plongeante. On ne verra pas votre visage. Vous voulez être la star ou pas ?

Serge Lebon lui pinça le nez, empêchant l'air de pénétrer dans ses poumons. Privée de cet air indispensable à la vie, Dominique Pinota n'eut pour unique issue que l'ouverture de sa bouche. Il en profita pour engager son gland et le frotta sur ses papilles. La langue râpeuse lui provoqua des frissons d'extase. Il se focalisa sur le fond de sa gorge. Il voulait sentir les contractions des parois de cette bouche.

— Mettez-y de la conviction sinon il faudra recommencer la séance, et je n'ai pas que ça à faire, fulmina Marc Nassan. Nous n'allons pas y passer des heures pour une simple pipe.

Emplie de dégoût envers ce sexe répugnant et malodorant, la sexagénaire entreprit de caresser les organes géniteurs de son partenaire tout en prodiguant des mouvements de succions. Elle avait la ferme intention d'en terminer au plus vite. L'homme se mit à respirer bruyamment.

— Elle aime ça, la salope, gloussa-t-il. Vas-y la putain, aspire-moi !

Dominique Pinota arrêta le jeu lorsqu'elle sentit couler les premières gouttes de sperme sur sa langue.

— Qu'est-ce que tu fous, connasse ! gueula Serge Lebon. Continue de sucer !

Avant que Marc Nassan n'eût pu réagir, le SDF gifla Dominique Pinota avec une telle force qu'elle en garda la marque sur la joue droite. Il l'empoigna et la retourna brutalement. Elle craignit d'endommager sa paire de lunettes et l'enleva avant qu'elle ne se cassât. Il la positionna en levrette. Son sexe dressé, il abaissa la culotte et la pénétra violemment sans utiliser de préservatif. Le vagin était sec et contracté. Il pesta contre ce manque de lubrification. Il ressortit aussitôt sa verge rouge et gonflée, se rejeta en arrière un instant, prit des forces, lui écarta les fesses et força la pénétration dans son fondement. Dominique hurla sous la douleur. Marc Nassan shoota. Le cliquetis du déclencheur se mêla aux grognements de Serge Lebon et aux aboiements de Lolly qui assistait à la scène. La petite Chihuahua voulut secourir sa maîtresse. En la voyant, Marc Nassan descendit de son piédestal et lui donna un coup de pied pour la faire taire.

— Ah, elle est bonne, mon vieux. Viens donc y goûter toi aussi, proposa le fornicateur en accélérant les mouvements de son bassin.

— Sa gâterie, elle l'aura. Je sais ce qu'elle aime. Après l'effort, le réconfort. Continue sans moi.

Le photographe quitta la pièce et alla consulter ses visuels dans le salon, indifférent aux plaintes de sa bienfaitrice. Accaparé par son travail, il devint sourd aux cris, aux halètements produits par Serge Lebon, et ne se formalisa pas en entendant le long grognement qui mit fin au supplice de Dominique Pinota. Il réalisa seulement que le coït avait pris fin en voyant le SDF face à lui, tendant la main pour toucher son dû.

— Tiens, dit Marc Nassan en sortant deux billets de cinquante euros de la poche de son pantalon.

— C'est quand tu veux, la prochaine fois, clama Serge Lebon en bombant le torse, fier de sa prestation.

— Dégage, maintenant, ordonna-t-il en se levant. Tu connais la sortie. Je ne te raccompagne pas.

Marc Nassan entra dans la chambre. L'ancienne attachée de direction avait perdu de sa superbe.

Fierté balayée.

Dominique Pinota avait délaissé la méridienne au profit de son lit. Elle pleurait à chaudes larmes, recroquevillée sur le flanc droit, gisant sur la couverture, le visage enfoui dans la taie d'oreiller. Des sanglots secouaient le corps meurtri. L'amant se coucha à côté d'elle et lui essuya les paupières avec le drap, effaçant par ce geste les traces de mascara et de Khôl qui avaient coulé. Avec délicatesse, il caressa une jambe, puis l'autre, lentement, jusqu'à ce que sa crainte s'amenuise. Elle ressemblait à un animal blessé avec sa marque sur le visage, ses bleus et son soutien-gorge panthère déchiré. Il le dégrafa doucement et l'aida à le faire glisser le long de ses bras. Il lui ôta sa culotte et ses bas. Il en profita pour remonter le long de ses cuisses en l'embrassant tendrement. À l'approche des grandes lèvres, il s'attarda sur le pourtour de sa chatte. Il attendit que les coups de langues rapides qu'il infligeait à son clitoris finissent par la détendre complètement. Il avait compris depuis longtemps son attrait pour cette pratique et, pour preuve de sa compréhension, elle s'abandonna en s'allongeant sur le dos. Il savait combler ses désirs, seulement, la manœuvre serait périlleuse après ce qu'elle venait de subir. Il aventura un doigt à l'entrée de son vagin et intima des mouvements rotatifs à son index. Elle se contracta aussitôt. Il abandonna l'idée. Il s'empara alors de son mont-De-Vénus et le massa de plus en plus vite. Il embrassa les mamelons tout en persévérant l'excitation clitoridienne. Lorsqu'il perçut les premières jouissances, il accéléra. Confiante et soumise, elle rompit sa méfiance. Il poursuivit l'accélération jusqu'à ce qu'elle se mît à jouir avec de longs soubresauts. Les muscles de son dos se relâchèrent et elle s'endormit sous l'effet des endomorphines libérées par l'orgasme. Elle était épuisée.

Marc Nassan se leva du lit, gagna la salle de bains et ouvrit le robinet d'eau chaude du lavabo. Il se savonna les mains et les rinça méthodiquement. Il n'avait même pas éjaculé dans son pantalon.

Quelle conne ! marmonna-t-il en quittant la pièce. J'en ai marre d'être ici. Déjà 11 heures, je m'arrache. On verra si je rentre ce soir.

Il vérifia qu'il était bien en possession des clés de son 4x4 avant de partir. Dans le vestibule, il aperçut le sac à main de Dominique Pinota sur la console. Il vola dans son portefeuille les trois cents euros qu'elle avait retiré au distributeur automatique le dimanche matin et quitta la villa sur le toit.

Maigre compensation, pensa-t-il en claquant la porte.

XXX

18 heures.

Le commandant Dorman s'étant affirmé la veille auprès de sa brigade d'une façon péremptoire, il ne souhaitait pas laisser de prise à la contestation. En dépit des soupirs et des attitudes grincheuses qu'il avait pu déceler chez certains de ses collègues, il fut catégorique quant à la poursuite de l'enquête.

Intransigeance.

« Selon le dicton, quand la police tient un suspect qui avoue, elle ne va pas plus loin, mais nous, nous allons chausser nos bottes de sept lieues pour franchir les obstacles et voir au-delà des évidences afin de traquer les hypothèses. » tels avaient été les propos du boss le matin même. Il avait donc traîné dans son sillage les deux lieutenants et le brigadier jusqu'à la demeure de la victime. L'équipe avait ramené de l'excursion une montagne de papiers trouvés en divers endroits de la maison, y compris les w.-c., ce qui avait corroboré les sous-entendus de la coiffeuse, à savoir : la phobie du cambriolage, d'où la dissémination des documents. Tous les quatre avaient passé leur journée au commissariat à trier la correspondance récupérée, laquelle correspondance s'était avérée être surtout des factures et des ordonnances. Parmi tout ce foutoir, comme l'avait appelé Mathieu, ils avaient déniché une pépite : l'adresse de la fameuse cousine et celle du notaire toutes deux inscrites sur une banale feuille A 4. Et comme ce mardi était un jour chanceux, l'agent immobilier troyen avait confirmé avant le débriefing l'acceptation de l'offre d'achat par le vendeur concernant la maison visitée sur la commune de La Rivière de Corps. De ce fait, le commandant avait convaincu Duharec de finaliser la vente avec l'étude notariale de feu Madame Chamberline. Ayant contacté cette dernière dans la foulée, Dorman annonça qu'il profiterait ainsi de son rendez-vous chez le notaire pour s'informer du legs de la victime. Quant à la cousine, Mathieu déclara qu'elle arriverait dans quarante-huit heures, le temps de poser ses congés et de prendre les dispositions nécessaires à l'inhumation. Seulement, il y avait un hic au milieu de toutes ces bonnes nouvelles qui chagrinait les lieutenants Mathieu et Duharec justement : le voisin n'avait pas explicitement reconnu le visage de Claude Bouveret comme étant le jeune qu'il avait vu grimpé dans la voiture verte. La ressemblance n'était pas flagrante, cela pouvait être lui, ou pas, ce qui confortait les insinuations de leur patron ; et pour couronner le tout, la brigade ayant essuyé une défaite cinglante chez les carrossiers de la couronne troyenne, le duo Mathieu et Piot chercheraient dès demain du côté des loueurs de voitures et des concessionnaires. Cette pénible tâche contraria encore un peu plus Mathieu bien que le commandant lui eût affirmé, croix de bois, croix de fer, que ce serait la dernière investigation dans ce sens.

Dorman était bien le seul à être satisfait des enchaînements de l'enquête dont il voyait l'issue s'éclaircir petit à petit. Un champ de possibilités s'étalait devant lui. Il suffirait de les cueillir et de les rassembler en un bouquet touffu, ces capacités réalisables, afin que jaillisse, d'entre elles, la vérité. Il était content. Il en vint même à siffloter en quittant le commissariat.

Mercredi 29 novembre

XXXI

9 heures.

— Allez-y mollo sur le champignon, Duharec, où nous allons verser dans un fossé.

— D'abord, nous sommes en ville, patron, nous ne risquons rien, je roule à 40 et c'est fluide.

— Quand je regarde le compteur, l'aiguille m'indique 55.

— C'est du fait que vous regardiez de biais, de face, c'est beaucoup moins, répondit Morgane du tac au tac.

— Si c'est vous qui le dîtes. Faites attention quand même. Je sais bien que nous franchirons bientôt les portes de l'hôpital mais si nous pouvions ne pas faire partie des clients, cela m'arrangerait. Je n'aurais jamais dû vous inscrire à ce stage. Vous en profitez pour vous accaparer le volant à chaque sortie.

— Ce n'est pas de ma faute si le temps est maussade en ce mois de novembre, répondit-elle en se penchant en avant.

— Maussade ! Le mot est faible. Vous avez vu ce qu'il tombe depuis notre départ. Les essuie-glaces peinent à balayer la neige qui s'écrase sur le pare-brise. C'est tout juste si on arrive à discerner la voiture de devant.

Bien sûr qu'elle s'était rendu compte de la difficulté à conduire. Elle ne voyait pas à dix mètres. Depuis l'aube, les flocons recouvraient de nouveau le paysage avec lenteur dans une immobilité quasi surnaturelle, gommant les formes les unes après les autres, poudrant de blanc les capots des véhicules croisées en sens inverse et recouvrant le sol de la même blancheur. L'asphalte était encore visible par endroits mais cette neige compacte se rajoutant à l'ancienne n'allait pas tarder à s'accumuler sur la chaussée. L'accalmie avait été de courte durée. Dans cet air glacé, les passants se mouvaient lentement sur les trottoirs, hésitant à poursuivre leur objectif. Leurs empreintes s'effaçaient au fur et à mesure qu'ils progressaient, laissant derrière eux un ruban immaculé que souilleraient d'autres pas. On aurait dit des pingouins marchant sur la banquise. L'hiver s'était installé pour les fêtes de fin d'année avec la sensation d'avoir stoppé net le temps, un temps qui s'efforçait à poursuivre sa course entrecoupée d'averses vers des jours meilleurs.

— Heureusement que nous sommes arrivés sains et saufs. J'appelle Mathieu et Piot sur leurs portables. Il y en a au moins un des deux qui décrochera. Si la neige continue à s'amonceler, je mets fin à leur tournée. Ils n'auront qu'à s'entraîner au stand de tir en attendant que nous revenions au QG.

— J'en connais un qui sera ravi.

— Je sais, je sais, inutile de me le rappeler. Bon, garez-vous là, Morgane, suggéra Dorman en indiquant l'emplacement réservé aux ambulances. Nous marcherons moins longtemps les pieds dans la poudreuse.

Incrédule, la policière fixa son supérieur.

— Ici ?

— Oui. Qu'est-ce qu'il y a ?

— Mais c'est interdit, patron. On ne peut pas se garer là. Et s'il y a une urgence ?

— Avec les ambulanciers du privé, certainement pas. Ils emprunteront la voie des pompiers. Ils ne se risqueront pas à être coincés ici et à patiner bêtement. Vous n'avez qu'à abaisser le pare-soleil si vous avez des scrupules. Avec le mot police écrit dessus, on ne viendra pas nous chercher des noises, je vous le garantis.

— Comme vous voulez, c'est vous le boss.

— Exactement. Exécution.

Morgane obtempéra la mine contrite.

Sitôt franchi le seuil des urgences, Les deux D furent assaillis par les odeurs de sang, d'antiseptiques et de désinfectants.

Les diverses revues posées sur une table basse dans une salle d'attente carrelée justifiaient que l'attente risquait d'être longue. Morgane détourna le regard de ces personnes assises sur des chaises en plastiques dont la souffrance marquait les traits. La douleur se figeait dans la position des corps, dans une main serrée, dans l'inquiétude au fond des yeux et la crispation des traits.

Les deux policiers se postèrent devant le bureau d'accueil où l'interne de garde en blouse blanche, reconnaissable à son fidèle stéthoscope autour du cou et ses dossiers sous le bras, discutait avec un confrère. Une infirmière débordée, à la limite de courir, prodiguait des soins en passant d'un box à un autre tout en affichant un sympathique sourire sur ses lèvres rosées, sourire qui se voulait rassurant en dépit des plaies sanguinolentes.

— C'est toujours le même scénario : des gens alignés sur des brancards attendent sagement leur tour et s'interdisent de gémir par pudeur, une musique d'ambiance est diffusée pour calmer les nerfs des malades et couvrir le grincement des fauteuils roulants poussés, constata Morgane.

— Sans compter l'incompréhension des familles, tous ces accompagnateurs qui envisagent la pire maladie puisqu'ils ont consulté tous les sites Web de santé médicale avant de se pointer.

— Exact. Automédication de l'individu doublée d'une impuissance à se soigner soi-même. Nous aurions dû passer par l'entrée principale au lieu de nous imposer la cour des miracles.

— Nous aurions pu mais nous n'aurions pas pu nous garer aussi près. Je ménage mon arthrose. Parking obligatoire des visiteurs trop éloigné. Pas envie d'une crise.

— Ascenseur discrètement.

— Ascenseur. 1er étage. Service psychiatrie.

Auprès d'une jeune aide soignante en tenue réglementaire de couleur bleue, ils s'enquièrent du numéro de la chambre où séjournait le patient Claude Bouveret. Ne souhaitant pas répondre, celle-ci leur indiqua d'un geste fatigué en poussant son chariot de linges le responsable du service. Le docteur Kardaskian, un médecin au crâne dégarni sur lequel s'accrochaient de rares cheveux blancs effectuait sa visite au bout du couloir entouré par son staff.

— De loin, son allure stricte évoque celle d'un séminariste en soutane, le contraire du docteur Vandermeer, murmura Duharec. Comme quoi, l'habit ne fait pas le moine.

— Taisez-vous donc, il vient vers nous, répondit Dorman en refoulant un rire nerveux.

L'homme dont la taille n'atteignait pas le 1 m 70 avançait vers eux déterminé. En l'observant de près, sa physionomie exprimait une bonté surprenante contrastant avec le reste de sa personne. L'étrangeté du phénomène était due en partie à la couleur de ses yeux dont la teinte gris perle adoucissait le regard. Il émanait de lui une sagesse que lui conféraient à la fois la pratique de sa médecine et son âge avancé pour un praticien, soixante-huit ans selon les renseignements fournis par l'organigramme de l'établissement qu'avait lu Dorman avant de quitter le commissariat. La main tendue fut aussi chaleureuse que la voix.

— Bienvenue dans mon service, commissaire. Je vous précède.

— Commandant. On dit commandant de nos jours.

— De mon temps, les appellations étaient distinctes. À chaque corps de métiers, sa distinction. On ne se trompait pas, ou si peu. Aujourd'hui, il y a des termes qui ne trouvent pas preneurs dans le vocabulaire. Comment pourrait-on nommer une personne de sexe masculin en train d'aider une parturiente à accoucher ? Un sage-homme pour sage-femme, le mot accoucheur étant réservé aux obstétriciens dans notre jargon, cela reste un dilemme que résoudront nos académiciens. Je vous parle de l'importance des mots car je dois vous prévenir que notre jeune homme tient un langage abscons pour le non initié. Ses paroles pourront vous surprendre et vous paraître dénué de sens logique, mais comme vous avez tenu à l'interroger, je vous ouvre la porte de son inconscient.

Le langage abscons, on connaît, pensa Morgane. On y a déjà eu droit avec le sieur Vandermeer. On est allé à bonne école.

— Où est passé le gardien de la paix censé surveiller le suspect ?

— Je lui ai accordé une avance sur la relève. Il attend son homologue au distributeur de boissons chaudes dans le hall d'entrée. Vous avez dû le croiser, n'est-ce pas ?

— Nous n'avons pas prêté attention, mentit Dorman avec aplomb.

— Jeter un coup d'œil par le fenestron avant de pénétrer dans la chambre. Le comportement du malade pourrait se modifier en vous voyant. Il est peu probable qu'il vous reconnaisse mais je préfère vous avertir. Le malade pourrait changer d'attitude en une fraction de seconde et vous surprendre par son évolution rapide.

Le commandant s'approcha de la petite vitre.

Pas de capitonnage.

Pas de camisole.

Un mobilier fixé au sol par mesure de sécurité.

Une grille à la fenêtre.

À travers les barreaux de cette porte portant le numéro treize, chambre particulière transformée depuis longtemps en chambre cellulaire à cause de son nombre superstitieux, Dorman vit un Claude Bouveret somnolent avec les draps et le couvre-lit remonté jusqu'à son menton. Dans ses yeux, le policier décela une peur fugace mêlée d'incompréhension comme si le patient craignait le spectre de son ombre. Celui-ci avait l'air de naviguer sur un océan d'incertitudes sans horizon, ballotté par les vagues illusoires créées par un conflit intérieur qui le tenaillait dans les profondeurs neuronales. Dorman s'écarta. Le docteur Kardaskian déverrouilla la porte.

Le commandant s'adressa au prévenu sur un ton très doux comme il le faisait toujours face à un malade. À la première question posée, il le vit désarmé face à la réminiscence. Les mots butaient contre une mémoire défaillante, refusant de s'exprimer. Encouragé par le psychiatre, Claude Bouveret formula des phrases que s'empressa d'inscrire Dorman sans en modifier l'ordre dans son indispensable cahier noir numéro deux.

— La voix, elle se traîne comme un escargot. Elle abandonne ses mots comme une traînée de bave. Les mots, ils sont dans la coquille et ils sortent pour pénétrer dans ma tête. Ils ne partent jamais. La voix avait promis qu'ils partiraient mais ils sont toujours là. Dès fois, ils restent dans leur maison ambulante puis ils sortent et ils m'envahissent. Ils sont présents le jour, la nuit, ils m'étouffent.

Dorman voulut poser ses doigts sur l'épaule du jeune homme alité. Kardaskian arrêta aussitôt ce geste empli de compassion en signifiant par un mouvement négatif l'inutilité d'une telle démarche. Claude Bouveret, perturbé par l'intrusion dans son espace vital, empoigna quelques secondes ce bras tendu, ce pont enjambant la rivière des idées floues, puis retomba dans le mutisme de son monde.

Terminé.

Le patient de la chambre numéro 13 s'était refermé comme une huître, être inaccessible dans un univers tourmenté. Les deux D jetèrent l'éponge. Ils durent abandonner leur suspect à ses blessures morales, réalisant l'ampleur de la difficulté relationnelle. Néanmoins, ils s'attardèrent encore quelques instants dans le couloir, face à la porte derrière laquelle reposait le dormeur privé de rêves, afin de recueillir les réponses du psychiatre aux questions qui mûrissaient dans le cerveau de Dorman. Lorsque le commandant fut gavé de renseignements, les deux D regagnèrent lentement le parking en suivant docilement les panneaux « sortie ».

— Je suis dans l'expectative maintenant, patron. Depuis cet entretien. Je finis par avoir moi aussi un doute sans pour autant me ranger définitivement à vos côtés.

— Je le clame depuis le début, Morgane, le mobile est peu plausible. Nous avons des indices irréfutables, je vous l'accorde, mais il faut un motif perturbateur enclenchant la crise délirante, et ce motif, quel est-il ? Une confusion mentale quant à nos deux mères sauf que, d'après le toubib Kardaskian, Claude Bouveret n'a jamais prononcé le nom de Chamberline lors des hospitalisations précédentes.

— Oui, mais la dernière remonte à presque un an. Il s'en passe des choses en une année.

— C'est pourquoi j'évoque une complicité dont le but reste encore à dévoiler. Et vous avez remarqué comme il m'a attrapé le bras tout à l'heure, complètement désemparé. Je n'arrivais pas à savoir dans quel monde il se trouvait encore une fois et j'ai été moi aussi désemparé par le geste. Je l'ai observé attentivement à ce moment-là, il y avait des larmes sur le rebord de ses yeux, je les ai vues.

— Oui, il était nimbé par le chagrin. Je l'avais aussi remarqué.

— Et le chagrin éloigne tous les soupçons de méchanceté et de médiocrité envers la race humaine. Néanmoins, nous devons rester vigilants. Nos deux psychiatres consultés s'accordent sur leur version. Le délire provoque dans le souvenir une absence temporelle des actes. Un trou noir.

— En tout cas, le psy a levé le voile sur votre théorie hasardeuse au sujet de l'hypnose. Les maladies psychotiques y sont réfractaires.

— Dommage. Une de mes hypothèses préférées vient de s'effondrer.

— Il y en aura d'autres, il suffit de se creuser la cervelle.

— Alors, vous êtes avec moi ? Affirmatif ?

— Je vais chercher dans ce sens et si mon doute persiste, nous serons deux à remuer ciel et terre. Promis. Satisfait, patron ?

— Content que vous rejoigniez enfin le club du solitaire, répondit Dorman en regardant sa montre. Dans ce cas, je vous emmène chez la mère pour visiter l'antre du fils. Il est presque 11 heures, elle est certainement rentrée du boulot. Autant avoir une idée précise de l'environnement familial. Ne nous permettons pas d'un « à peu près » qui serait fatal dans la détermination à nommer le coupable.

Quarante minutes pour aller du point A au point B avec quelques embardées sur terrain glissant en sus. Danger public, bis repetita, telle avait été la semonce du commandant à l'encontre de son lieutenant.

Dorman était bougon et son mécontentement monta d'un cran en découvrant le mot sur la porte de l'immeuble : ascenseur à l'arrêt jusqu'à 11 heures 45 pour votre maintenance technique.

— Il ne manquait plus que ça, l'ascenseur est en révision et nous n'avons pas le temps de patienter un quart d'heures jusqu'à la fin des travaux en priant le ciel que ces maudits

181

travaux soient terminés à l'heure prévue, se plaignit Dorman. Il ne s'agirait pas de se présenter à midi chez l'habitant. Il y a des limites à tout. Je suis sûr que je vais encore souffrir de mon genou après cet effort.

Il suivit sa collègue dans l'escalier menant au premier étage. Morgane l'entendit reprendre son souffle derrière elle à mi-hauteur. Les semelles de son patron raclaient le béton brut des marches. Sans se retourner, elle imaginait la figure de pénitent qu'il devait arborer.

— Encore sept marches et vous y êtes, encouragea-t-elle, se sentant responsable de la bougonnerie de son boss, conséquence de sa conduite sportive.

— Facile à dire quand on a votre âge. Au mien, vous déchanterez, soyez-en sûre, grommela-t-il.

— La vieillesse est dans l'idée que l'on se fait d'elle.

— Vous verrez, nous en reparlerons dans quelques années, en attendant appuyez donc sur la sonnette.

— C'est fait.

De la clarté s'insinua par le judas. Madame Sabine Bouveret entrouvrit en prenant soin de garder la chaînette en place.

— C'est pourquoi ? demanda-t-elle.

— Nous revenons vous voir pour enregistrer les effets personnels de votre fils, répondit Dorman en s'appuyant sur le mur. C'est pour nous faire une idée plus précise de son univers. L'autre fois, nous n'avons pas eu le temps. Il y avait urgence à soigner Claude.

— Ah, c'est vous. Je ne connaissais pas la demoiselle.

— Vous ne l'aviez pas vue au commissariat. Pouvons-nous entrer ?

— Oui, oui, bien sûr.

Les maillons résistaient sous le tremblement des doigts. Ils finirent par céder et la porte s'ouvrit complètement sur le corridor. Madame Bouveret semblait vieillie depuis le tête à tête, accablée par ce funeste destin qu'elle n'avait pas choisi. Elle portait encore les vêtements du lundi, comme si ceux-ci devaient durer la semaine entière jusqu'au week-end où elle s'embellirait pour rester en compagnie de son fils ; un fils qu'elle élevait seule en lui sacrifiant ses jours et ses nuits ; un fils pour lequel elle avait rêvé un avenir grandiose, penchée sur son berceau, avenir qui s'était brisé, avait volé en éclats sans avoir jamais pu recoller les morceaux au cours de ses sombres années vécues. Elle referma derrière eux, s'effaçant devant les policiers comme elle l'avait toujours fait depuis la naissance de Claude. Elle les fit entrer, tête baissée, honteuse d'avoir pu engendrer un de ces personnages qui ne s'inscrivaient pas dans la normalité. Cette honte, elle pouvait la repérer à travers le regard des autres cependant elle ne la ressentait pas chez le commandant. Elle nota qu'il appelait Claude par son prénom et non par Bouveret. Elle en déduisit un signe prometteur vers la clémence. Elle reprit courage à voir ce gradé manifester un intérêt soudain pour le fruit de sa chair en demandant à visualiser la chambre de son petit.

Dorman s'attendait à découvrir un environnement dérangeant avec des dessins trahissant les hallucinations répétées qu'avaient évoquées Vandermeer mais il n'en était rien. Sur les murs étaient accrochés des posters de Formule 1 et de circuit. Sur le bureau, un cahier ouvert montrait un mandala attendant d'être achevé avec les crayons de couleur dispersés autour de la page. Il y avait aussi un énorme ours en peluche qui occupait la moitié du lit. C'était l'univers classique d'un jeune homme presque adulte ayant de la difficulté à quitter l'enfance.

— C'est moi qui aie décoré, avoua la mère. Le docteur préconise un minimum d'objets. Il dit que cela ralentit les

183

crises. J'applique ce qu'il me dit. Si ça peut les espacer, tant mieux.

— Le docteur Kardaskian de l'hôpital ?

— Non, le docteur Vandermeer. C'est lui qui me conseille, celui de l'hôpital remet Claude sur pieds, c'est tout. C'est le docteur Vandermeer qui prescrit tout après sa sortie.

— Y compris les mandalas ?

— Oui. C'est pour calmer ses nerfs, le détendre. Il paraît que c'est bon aussi pour les vieux. J'ai essayé moi aussi d'en colorier un. C'est vrai qu'on oublie ses soucis pendant qu'on crayonne. On ne pense pas.

— Et des dessins, votre fils n'en fait pas ?

— Si, mais seulement lorsque je suis là car le docteur Vandermeer veut que je les garde. Je les lui amène à la prochaine consultation et il les étudie. Ils sont dans une boîte dans la salle à manger. Je vais vous les chercher.

— Ne vous donnez pas cette peine, Madame Bouveret, nous vous suivons.

Morgane ne parlait pas. Elle observait et enregistrait mentalement ce qu'elle voyait. Sa mémoire visuelle était notoire, autant que le flair de son patron.

Madame Sabine Bouveret tendit aux policiers une boîte en fer-blanc, identique à celle des biscuits si ce n'était les motifs imprimés. Dorman l'ouvrit, posa le couvercle sur une chaise et s'empara du premier dessin de la pile. Des coups de crayons roses et verts avaient immortalisé un visage rond en une seule ligne au milieu de la feuille auquel Claude Bouveret avait ajouté deux jambes. Deux points figuraient les yeux et deux autres les pommettes. Un trait épais marquait les sourcils broussailleux, le nez et la bouche. Les membres inférieurs ressemblaient à des rectangles vides. Dans l'angle en haut et à gauche de la feuille, un personnage identique avait été dessiné en plus petit et dans l'autre angle en bas à droite un autre, encore plus petit et sans jambes mais dont les bras en forme de rectangle eux aussi étaient levés vers le ciel. Pas de main. Pas de pieds. Une multitude de points roses remplissaient la feuille autour de ces drôles de figures.

— Il a représenté sa famille, lui au milieu, moi en haut et son père en bas à droite qu'il n'a jamais connu.

Dorman confia la feuille à Morgane et prit le dessin suivant. C'était le même genre de dessin représentant un cygne avec le pourtour de l'animal en vert et orange, de simples traits figurants les plumes, la tête de profil sur un long cou, l'œil proche du bec. Partout sur la feuille, on retrouvait les points orange et vert, aussi bien à l'extérieur de l'oiseau qu'à l'intérieur de ce dernier. Il le passa aussi à Morgane.

— Nous étions allés nous balader sur les quais de la Seine. Il avait vu des canards et je ne sais pas pourquoi, en rentrant, il a dessiné un cygne. Peut-être qu'il espérait en voir un, soupira la mère à l'évocation de cette promenade.

Le troisième dessin était très différent, beaucoup plus coloré. Claude Bouveret avait utilisé les trois couleurs précédentes tout en y ajoutant du rouge. Il représentait une grosse maison sur la gauche avec une porte, deux fenêtres et trois cheminées sur le toit. Devant la porte, des courbes illustraient une sorte de terrasse ou de pelouse. Sur la droite de la maison, des traits verticaux pouvaient représenter une haie avec juste en dessous une sorte de portique comprenant deux fenêtres. On devinait rien qu'en voyant la figure que cela ne pouvait pas correspondre à une balançoire. C'était très différent de la réalité. Ce qui surprit le plus les deux policiers, c'était la succession des petits traits saccadés qui avaient remplacé la précision des points dessinés auparavant avec application.

— A quelle date a-t-il fini celui-là ? questionna Dorman.

— La semaine dernière. Il en avait fait plusieurs, je n'ai gardé que le plus beau.

— C'est-à-dire ?

— À force d'appuyer, son crayon était passé au travers du papier. Ce n'était pas joli. Je les ai jetés dans la poubelle du tri.

— Vous les avez encore ?

— Oui. Je n'ai pas apporté la poubelle au vide-ordures.

Effectivement, la maison avait été reproduite plusieurs fois et toujours sur le même modèle en commençant par des couleurs adoucies qui s'intensifiaient dans la tonalité jusqu'à employer une gamme criarde, comme si la rage d'accomplir un dessin parfait avait abouti à celui aux notes vermillon, carmin et rouge primaire.

— Je vais les emmener au commissariat pour les faire analyser, Madame Bouveret.

— Si vous voulez et si ça peut aider aussi mon fils, vous pouvez tout prendre. Ce n'est pas demain que je verrai le docteur Vandermeer.

— À propos du docteur, vous m'aviez dit lors de notre entretien au commissariat que, parfois, il vous donnait gratuitement des médicaments.

— Oui, quand il souhaite essayer un nouveau traitement. Si ça peut faire du bien à mon fils, alors pourquoi ne pas en profiter. C'est toujours ça que j'économise.

— Il me les faudrait.

— Je vais vous les chercher. Ils sont dans la pharmacie.

Madame Bouveret revint avec un flacon transparent au liquide translucide et un autre en plastique marron foncé.

— Quelle en est la posologie ?

— Voici l'ordonnance.

Dorman prit le papier qu'elle tenait dans sa main. Il n'avait pas remarqué qu'elle était revenue avec.

— Ils ne viennent pas de la pharmacie.

— Non, c'est un essai.

— Parfait. Nous ne vous retardons pas plus. Nous vous tiendrons au courant des suites. Avez-vous songé à prendre un avocat Madame Bouveret ?

— Oui, celui que m'a fourni le barreau, un de ceux qui acceptent l'aide juridictionnelle : Maître Mondoloni.

— Nous le connaissons fort bien. Il pourra venir nous voir.

La mère eut l'impression qu'avec cette dernière phrase le commandant était en train de lui offrir un gilet pare-balles émotionnel en agitant le drapeau blanc de la disculpation.

— La récompense va fleurir dans la sagacité, annonça Dorman en appelant l'ascenseur enfin opérationnel. Moyen. Mobile. Opportunité.

— Bizarre, vous ne trouvez pas, chef, cette histoire de flacons. On les confie à Leblanc ?

— Sûr que nous allons les analyser. Vous les lui confierez et qu'il se dépêche.

— Analysons.

Pour une fois, ce fut Morgane qui eut le mot de la fin.

XXXII

16 heures.

Un bon chien avisé en vaut deux.

Attention.

Prévoyance.

Toujours se tenir sur la défensive, telle était la devise que Lolly s'était imposée à elle-même puisqu'il semblait qu'elle fût la seule à entrevoir le danger que représentait l'intrus. Conséquence : elle était en permanence aux aguets depuis que ce parasite avait pris ses quartiers dans sa maison. Elle dressa les oreilles avant que sa maîtresse perçût la clé dans la serrure.

Exit la tranquillité.

Elle fonça dans le hall d'entrée en aboyant fortement dans le but de communiquer ses craintes à sa maîtresse, craintes qui s'avérèrent justifiées lorsqu'elle vit non pas un, mais deux parasites franchir le seuil de la villa sur le toit. Décidément, cela devenait une habitude. Des odeurs de bières et de tabac l'agressèrent comme un coup de poing sur sa truffe. Elles émanaient d'un individu tout en noir au crâne rasé avec un bouc gris trahissant la cinquantaine. Lorsqu'il défit son écharpe, un tatouage représentant un serpent enroulé autour d'une liane recouvrait la moitié de son cou, la tête du reptile positionnée sur la pomme d'Adam. Une créole pendait à son lobe de l'oreille droite. Il se donnait un look jeune. Il ôta ses gants en laine et la petite chienne put se rendre compte de sa pilosité. Elle jugea qu'il devait avoir sur le corps autant de poils qu'elle tellement il paraissait velu, à l'image de cet orang-outan qu'elle avait vu dans sa cage au zoo. Il l'effrayait. Elle grogna plus fort en reculant.

— Tais-toi, Lolly, cria Dominique Pinota, agacée par les aboiements. Qui est cette personne ? demanda-t-elle en s'adressant à Marc Nassan.

— Votre prochain modèle.

— Qui peut retourner d'où il vient, répliqua-t-elle en l'interrompant. J'allais me préparer pour la tournée. Nous sommes mercredi. Auriez-vous déjà oublié l'endroit où je vous ai trouvé ?

— Madame est cinglante. Madame a des insinuations perfides. Madame a ses sautes d'humeur et se prend déjà pour une diva sous les projecteurs de la gloire mais Madame s'illusionne. Madame est loin d'avoir atteint le sommet. Si vous croyez que c'est avec des caprices pareils que nous allons y arriver.

— Dehors, j'ai dit ! gueula-t-elle.

— La colère se nourrit de la colère. Dommage, les photos auraient été sublimes. Votre fureur s'enfièvre. Viens, on se casse. Ce n'est pas le soir à la chatouiller. Madame fait la gueule pour trois bleus de rien du tout.

— Et mon fric ? réclama le nouvel arrivant.

— Tiens, le voilà ton fric, grimaça Marc Nassan en lui donnant un billet de vingt euros.

— On avait dit cinquante.

— Et puis quoi encore, c'est bien payé pour n'avoir rien foutu, répondit-il en s'engouffrant dans l'ascenseur.

Soulagée, Dominique Pinota prit la ferme résolution de ne plus se laisser manipuler de la sorte. Le jeu commençait à moins lui plaire.

Qu'était-il advenu des étreintes, des draps froissés et des corps enlacés ?

Y avait-il eu une seule caresse aimée au moment de leurs ébats ?

Les échanges du début qu'elle avait osé appeler amour avaient-ils été sincères ou bien mensongers ?

Et que penser d'hier ? Était-ce de la provocation ? Dans quel but et pourquoi ?

Que de pensées troubles perturbant son quotidien.

XXXIII

17 heures 30.

Débriefing rapide cause enneigement.

Médicaments et dessins confiés au médecin légiste Pierre Leblanc pour expertise et analyse moléculaire.

Résultats négatifs auprès des concessionnaires concernant la teinte verte pomme de la voiture. L'achat se confirmait hors département et l'échec de la recherche donnait raison au lieutenant Mathieu quant à l'inutilité de cette démarche à laquelle il s'opposait depuis le début, seulement, de par son opposition, il commençait à se trouver isolé dans le camp des chipoteurs. Son attitude était de plus en plus désavouée au sein de la brigade. Comme lui avait dit Piot, il fallait en passer par là pour se rendre à l'évidence du résultat négatif.

Ressentant le malaise à son encontre, le lieutenant Mathieu tournait une cuillère dans le fond de sa tasse pour que le sucre fondît, un dernier café noir qui lui permettait d'écouter sans entendre ce que disait le boss. Il en avait ras le bol des consignes.

Le brigadier Piot, en fin connaisseur des débordements verbaux de son coéquipier, avait fini par se taire.

Le lieutenant Duharec, quant à elle, n'avait pas tenu compte des affirmations aiguisées comme un coutelas dudit Mathieu. Elle arborait l'indifférence.

— Time is money, clama Dorman en sortant de sa poche un nouveau morceau de Comté emballé. Demain, nous escorterons la cousine jusqu'à la demeure de sa tante afin qu'elle puisse nous dire si des objets manquent à l'inventaire. Je ne pense pas mais cela nous permettra d'affirmer ou pas l'hypothèse d'un cambriolage. Mathieu je vous confie la boutique jusqu'à la relève. Nous partons, Morgane et moi, pour notre rendez-vous urgentissime.

— Un petit creux, patron ? questionna Morgane en louchant sur le fromage.

— Plutôt du réconfort contre la tourmente de ces derniers jours chargés en émotions. Et c'est moi qui conduis. Il est inutile d'insister pour prendre le volant un soir aussi décisif que celui-ci. Après la signature du compromis de vente, j'aviserai si vous êtes sage, envisagea Dorman d'une voix paternelle.

— De toute manière, je ne souhaitais pas conduire, rétorqua Morgane. La neige a fondu au cours de la journée sous l'action du sel répandu sur le bitume par les employés de la voirie. Certes, la chaussée est maintenant boueuse et sale mais, au moins, tout le monde peut circuler sans appréhension.

— Vous me prenez pour un vieillard gâteux et sénile, Morgane.

— Loin de moi cette idée, patron. Je veille sur vous.

Et ça, il le savait depuis longtemps.

XXXIV

21 heures.

En dépit de ses justifications peu crédibles et autres explications toutes aussi fantasques les unes que les autres, Dominique Pinota n'avait pas pu tromper une femme maline et futée comme l'était Yasmina Nasri. Cette dernière avait aisément découvert ce que cachaient les épaisses couches de fond de teint successives : le camouflage grossier d'empreintes de doigts laissées par une gifle magistrale reçue récemment.

À la question du : « comment cela avait-il pu se produire ? », Dominique Pinota avait éludé la réponse en s'engluant dans une théorie simpliste : « je me suis pris les pieds dans le tapis du salon et j'ai cogné l'angle de la table basse ».

A l'affirmation : « les femmes sont maladroites, elles tombent souvent sur les poings des hommes », Dominique Pinota avait carrément tourné les talons pour aider Manuel Schmitt qui, lui, avait au moins la délicatesse de la laisser tranquille en faisant mine d'ignorer ce qu'il lui était arrivé depuis deux jours.

Dès qu'elle se fut éloignée, Yasmina Nasri se précipita sur son téléphone portable pour appeler une vieille connaissance, Jennifer, dont le frère avait intégré la police. Elle ne se souvenait plus de son grade mais il serait bien placé pour renseigner sa sœur qui ne manquerait pas de lui faire part des infos récupérées.

Ayant trop souvent assisté à des altercations conjugales dans son quartier, trop souvent vu des bleus que les compagnes ou les épouses cachaient sous des vêtements amples en plein été, Yasmina Nasri n'avait pas cru un seul mot de l'histoire abracadabrante. Elle admit à contrecœur que Dominique Pinota avait rejoint le clan des femmes battues, en souhaitant au plus profond d'elle-même que ce visage tuméfié ne fût pas la résultante de sa liaison avec le SDF dont lui avait vaguement parlé Manuel, SDF au caractère misanthropique, haineux envers l'humanité, aux sentiments corrosifs susceptibles de la détruire, agissant en toute impunité parmi les groupes de démunis. Elle l'avait vu à l'œuvre. Elle avait réussi à le démasquer. L'emprise de cet homme avait été suffisamment dévastatrice sur les autres sans abris pour qu'elle puisse prévoir, malheureusement, un résultat similaire à l'encontre de son amie qui, en fin de compte, sous ses grands airs de bourgeoise un tantinet méprisante, était d'une grande vulnérabilité. Elle avait deviné sous la carapace le tempérament altruiste de l'ancienne attachée de direction, une femme intègre à la droiture exemplaire.

Fuyant le dialogue, les deux femmes bénévoles du Secours Catholique accomplirent leurs tâches dans un silence total. Lorsqu'elles se quittèrent, Yasmina Nasri se fit une promesse : celle d'endosser le rôle d'ange gardien envers son amie qu'elle considérait déjà comme une âme perdue face aux manigances d'autrui.

22 heures 30.

La chambre d'amis était vide.

Elle était en proie à une telle lassitude qu'elle eut du mal à se dévêtir.

Elle avala un grand verre d'eau gazeuse avant d'aller se coucher.

Elle se glissa sous les draps. Le sommeil la gagnait. Elle ne voulait pas lutter. Elle voulait dormir. Elle voulait être transportée au pays des rêves sauf que son souhait ne serait pas exaucé de suite. Il lui sembla percevoir un faible couinement qui aurait pu s'apparenter à une plainte.

Où est donc passé Lolly, se demanda-t-elle en se redressant.

Assise contre le montant du lit, elle appela.

— Lolly, viens mon bébé, viens me voir.

Négatif.

Un gémissement lointain parvint jusqu'à la chambre.

Elle eut un mauvais pressentiment et se leva d'un bond. Elle était totalement réveillée maintenant. Elle regarda en premier dans le boudoir. Pas de Lolly. L'inquiétude lui serra la gorge. Son rythme cardiaque s'accéléra. Elle sentit les battements de son cœur qui s'affolait dans sa poitrine. Elle courut pieds nus jusqu'au salon où se trouvait le couffin de la petite chienne. Le chihuahua ne s'y trouvait pas. Elle revint sur ses pas et chercha dans la cuisine. Elle n'y était pas non plus. Elle retourna dans le salon salle à manger et se mit à genoux pour regarder sous les meubles et elle la vit, prostrée, tremblante de peur.

— Lolly sort de là-dessous.

La chienne refusa de bouger.

— Mais qu'est-ce qui t'arrive, mon bébé ? Tu as mal quelque part ? Viens vers moi.

C'est l'intrus qui m'a blessée en partant, gémit Lolly. Il est revenu pendant que tu étais partie. Regarde sur la table. Il a laissé quelque chose pour toi et je l'ai combattu pour qu'il s'en aille. J'ai réussi à défendre notre territoire en mordant le bas de son pantalon mais cette brute m'a prise par la peau du cou et m'a balancée contre le mur.

— Tu souffres mon bébé ? Avance un peu que je puisse t'attraper par la patte.

Non ! Surtout pas la patte ! J'ai beaucoup trop mal. Mais qu'est-ce qu'elle fait ? La douleur devient insupportable.

Dominique Pinota extirpa la chienne de sa cachette en la traînant par son collier. Elle la tint fermement contre elle pour la palper. Elle remarqua de suite l'enflure sous les poils du membre postérieur droit. Elle souleva la patte cassée ce qui déclencha un hurlement chez la chienne blessée. Ce fut à ce moment-là qu'elle remarqua une enveloppe posée sur la table basse. D'une main, elle réussit à décacheter l'enveloppe sans lâcher Lolly mais elle faillit la laisser choir en découvrant son contenu. Elle avait sous les yeux des photographies de Madeleine Jouves partiellement dévêtue dans des poses qu'elle n'aurait jamais acceptées elle-même. Les prises de vue étaient si indécentes qu'elles s'opposaient au puritanisme de sa meilleure amie s'était pourtant livrée à une telle bassesse.

Mon refus de coopérer a-t-il conduit Marc Nassan à jeter son dévolu sur elle ? songea-t-elle en lançant les visuels et l'enveloppe sur la table basse.

Jalousie, rivalité, haine, grandissaient en elle, lentement. Sournoisement, ces sentiments distillés par le photographe entre elle deux, habile instigateur, circulaient dans ses veines. Ils s'assimilaient à un poison d'une efficacité redoutable.

Elle ne s'occupe plus de moi encore une fois, couina Lolly. Elle est accaparée par son cadeau et je n'existe plus.

— Tu vas dormir avec moi cette nuit et, demain matin, je t'emmènerai chez le vétérinaire.

Enfin un mot gentil. Et après, en lot de consolation, nous irons me choisir une nouvelle tenue chez Lovely Dog. Celle de la dernière fois est laide et vulgaire. Tu la détruiras ! Ouste ! À la poubelle !

Confortablement installée sur le deuxième oreiller, tranquillisée par les caresses de sa maîtresse, évitant de remuer, la chienne finit par s'apaiser, refoulant sa douleur.

Jeudi 30 novembre

XXXV

9 heures.

Dominique Pinota se trouva nez à nez avec un Marc Nassan le trousseau dans une main et un sac plastique dans l'autre lorsqu'elle ouvrit la porte d'entrée de son appartement. Les deux personnes s'étudièrent quelques secondes avant de s'adresser la parole.

— Qu'est-ce que vous voulez ? demanda-t-elle, impérieuse.

— Vous partez ?

— Vous le voyez. Je sors. J'ai un rendez-vous de la plus haute importance.

— Où ? questionna-t-il en se précipitant vers l'ascenseur pour appuyer sur le bouton d'appel avant que les portes ne se refermassent.

— Peu importe. Répondez à ma question, s'énerva-t-elle en tapant du pied.

Le bruit occasionné par les talons des bottes résonna dans l'immeuble, rappelant celui entendu pendant la guerre qu'il avait vécue au cours de ses reportages. Il en eut froid dans le dos.

— Je déposais ceci pour la prochaine séance, répondit-il en montrant le sac.

— Allez donc toquer au domicile de Madeleine puisque vous l'affectionnait tant, cette amie aux mœurs dépravées. Elle vous accueillera à bras ouverts, j'en suis sûre, j'ai à faire ce matin.

— Quelle insinuation perfide sortant de votre joli bouche, très chère. Permettez que je pose ceci, dit-il en lâchant le sac qui émit un bruit métallique en touchant le sol. C'est lourd. Je programme la descente ou je vous attends ?

Elle était déjà en retard sur l'horaire qu'elle s'était fixé et elle ne souhaitait pas intégrer ce matin le clan des retardataires. Elle le suivit à contrecœur.

— Vous promenez Lolly de bonne heure aujourd'hui, chuchota-t-il.

Elle le tança ouvertement, le toisa et finit par hausser les épaules en évinçant la réponse concernant le motif de sa promenade. Marc Nassan n'insista pas de peur de glisser, sans pouvoir se retenir, sur ce sujet savonneux qu'il avait lui-même bêtement lessivé. Bien que le temps fût aux sports d'hiver, il n'avait pas l'intention de s'engager sur cette piste dangereuse et sortit en vitesse au niveau zéro en feignant d'être pressé lui aussi tandis qu'elle continuait vers le sous-sol.

En mettant le moteur en marche de la Mercedes, elle réalisa qu'il avait toujours les clés de son logis, une erreur à corriger au plus vite.

En claquant la portière du 4x4, il approuva son plan diabolique.

Cette gourde ne sait pas faire la différence entre un photomontage et une prise de vue réelle, pensa-t-il en quittant son stationnement. Direction l'encadreur aux frais de la princesse, ricana-t-il dans l'habitacle.

XXXVI

10 heures 30.

Le commandant s'impatientait.

« Vérifiez bien partout. Toute chose dérobée signera l'acte malveillant et fera avancer notre enquête »

Pourquoi lui avait-il suggéré d'inspecter scrupuleusement la maison ?

Erreur de débutant.

Ineptie.

Je n'aurais jamais dû prononcer cette phrase idiote, se repentit Dorman. Depuis plus d'une heure, il suivait de pièces en pièces la demoiselle dont il avait deviné l'aisance financière qu'elle exhibait ouvertement en portant un jean serré de marque assorti à la chemise en soie grise qui dépassait de la luxueuse et légère doudoune avec sa griffe de couturier brodée sur la poche de devant. Cette chaude parure de couleur marron glacé enveloppait avec une certaine grâce le corps svelte et élancé de Marie Lamoureux que grandissait encore une paire de bottines fourrées. La cousine de Madame feue Chamberline soulevait les objets, farfouillait dans les placards, les tiroirs et les armoires sans aucune retenue vis-à-vis du policier qui l'escortait, tout en évitant de marcher sur le sang séché au sol. Elle contournait les taches en esquissant des pas de danse. Cette insensibilité choquait Dorman et, pourtant, il avait été confronté à bien des situations au cours de sa longue carrière. Il avait dû en réconforter, des familles, et plus d'une fois, devant l'horreur. La cousine, elle, virevoltait autour de l'horreur avec aisance, balançant ses longs cheveux roux ondulés. Elle prenait un malin plaisir à fouiner dans les biens de sa grande tante, affichant une curiosité déplacée en de telles circonstances. On devinait à son empressement, qu'enfant, elle n'avait pu y toucher. Maintenant que l'interdiction était levée, elle accomplissait son ouvrage avec minutie, à la recherche de l'imperfection, une imperfection engendrée par cette ingrate Chamberline qui aurait comblé d'aise la parente. À la vue des choses manipulées et de leurs évaluations vénales, Dorman comprit que ce n'était pas la richesse qu'escomptait trouver la cousine mais plutôt la satisfaction de dénicher un honteux secret qu'elle ne trouva pas d'ailleurs.

Peine perdue.

Alors, elle se mit en quête, à défaut de secret, de récupérer le moindre euro qui paierait l'enterrement. Elle comptait bien se rembourser la facture des pompes funèbres en trouvant le magot. Elle avait déjà raconté au commandant que la maison avait été vendue en viager et qu'elle ignorait le nom de l'acheteur. En conclusion, avait-elle rajouté, son héritage, à elle, consistait à bénéficier de cet affreux mobilier qui l'entourait et à l'argent qu'elle avait dû lui laissé, si argent il y avait. Un coup bas de la vieille.

Dorman se fit un devoir d'éclairer sa lanterne.

Madame Chamberline était économe, à la limite de la radinerie par nécessité, et le relevé de ses comptes bancaires l'avait bien prouvé lors de la perquisition.

Petite retraite.

Petit capital sur le livret de l'écureuil.

Marie Lamoureux dut se rendre à l'évidence au bout de trente minutes infructueuses : il n'y avait rien à grappiller côté piécettes dans le porte-monnaie, encore moins un billet de cent euros planqué sous la pile de draps. Elle avait fait le voyage pour rien mis à part l'identification du corps de la tante à l'institut médico-légale.

— J'ai terminé, dit-elle en fixant le commandant de ses iris azuréens mis en valeur par ses joues tavelées d'éphélides. Je file chez le notaire dont vous m'avez communiqué l'adresse. Je ne vais pas m'attarder dans le coin. Je vais téléphoner à un brocanteur et bazarder tout ça J'ai du travail qui m'attend chez moi.

— Nous vous contacterons lorsque l'affaire sera close afin que vous récupérassiez les documents qui sont en notre possession.

— Vous avez mon numéro, répondit-elle en dévalant l'allée, sinon postez-les, cela m'est égal. Je m'en fiche.

Quel merdier là-dedans, se dit-elle en conduisant avec prudence sur l'asphalte verglacé Elle s'est bien moquée de moi, la vieille peau. Le seul truc marrant de l'histoire aura été le passage à la morgue. Je me souviens de la clarté bleutée et blafarde de la pièce, des néons qui clignotèrent à l'allumage, du petit bonhomme chauve avec sa blouse verte ridicule sur son costume trois-pièces bleu marine et sa cravate qui pendouillait, de la table d'acier où reposait le cadavre et du drap levé sur le visage cireux. Au moins j'aurais de quoi raconter une anecdote aux copines en rentrant.

Eh ben dis donc, elle n'y va pas par quatre chemins, l'héritière, constata Dorman en fermant la demeure. Elle est directe. On a compris qu'elle ne portait pas dans son cœur notre victime. Et je suis très en retard sur l'horaire prévu. J'appelle de suite la secrétaire. J'ai besoin de parler au notaire avant elle. Je n'ai pas envie de la rencontrer, cela compromettrait mes hypothèses.

— Allô, oui, étude de Maître Pétrolli, commandant Dorman à l'appareil. Madame Lamoureux va arriver chez vous d'un instant à l'autre. J'ai besoin de voir le notaire avant elle. Elle va venir le consulter au sujet de l'héritage de sa tante, Madame Charlotte Chamberline, et je ne dois pas la croiser. Faîtes comme d'habitude. Merci.

Dorman coupa la communication en priant le ciel que ses directives fussent suivies à la lettre par l'employée.

XXXVII

11 heures.

Lolly concentra son énergie vers un ultime effort : avaler son bol de lait en essayant de se tenir debout dans la cuisine avec une patte dans le plâtre. Il lui sembla qu'il pesait une tonne.

Une piètre équilibriste.

Du lait ! Du lait ! Du lait ! Ce vétérinaire m'a prise pour un chat, s'offusqua-t-elle en avalant de travers.

— Comment va mon bébé ? Le médicament est dans ton bol. Il faut le boire jusqu'à la lie et tu guériras rapidement, précisa Dominique Pinota à l'attention de sa chienne adorée.

C'est dégueu ! Pouah ! aboya-t-elle. Ce veto est dingo. Je ne veux plus y aller.

— Il en reste encore quelques gouttes. Le calcium et la vitamine d sont nécessaires à la fabrication de ton os. Plus vite ta fracture disparaîtra et plus vite on t'ôtera ce plâtre handicapant. Finis ton lait pendant que je prépare la suite.

Quelle suite !

Lolly arrêta de laper et se tourna maladroitement vers sa maîtresse. Les pattes avant suivirent le mouvement tandis que les pattes arrière restèrent scotchées au carrelage, provoquant une contorsion qui déclencha une légère douleur, preuve que l'anesthésie s'était dissipée. Elle resta clouée sur place à tendre le cou pour voir ce que sa maîtresse était en train de manipuler.

Dominique Pinota sortit du paquet acheté chez Lovely Dog un grand sachet et un carton. Du carton, elle extirpa un objet assez volumineux.

Il ressemble à une maison de poupée, s'interrogea Lolly sauf que chez nous, il n'y a pas d'enfant. Curieux ?

Dominique Pinota attrapa la paire de ciseaux suspendus à la barre d'ustensiles fixée au-dessus du plan de travail où pendaient louches, cuillers, écumoire, économe et fusil à aiguiser les couteaux. Elle découpa l'angle dudit sachet, s'évertua à enlever adroitement le toit de la boîte et versa le contenu du sachet dans le bac plastique.

Lolly distinguait mal ce que sa maîtresse était en train de préparer mais ce bruit de cailloux qui tombaient ne la rassura pas du tout. Lorsque Dominique Pinota souleva l'ensemble, elle découvrit une chose qu'elle n'aurait jamais crue possible, y compris dans ses pires cauchemars.

Horreur ! Ce vieux sénile de vétérinaire lui a conseillé une litière pour chat ! Après les croquettes et le lait, j'ai droit à l'outrage suprême. J'atteins le fond.

— Regarde comme cela va être pratique et renifle comme les graviers sentent bon. Ils sont parfumés à la lavande.

Jamais je n'y poserai une patte ! Plutôt m'uriner dessus ! J'ai ma fierté ! gronda la chienne.

— Je te quitte une seconde pour téléphoner, Lolly. Surtout, finis ton bol.

Le chihuahua tata la litière du bout des coussinets, secoua le museau et entreprit de terminer son remède en écoutant les bribes de conversation qui lui parvenaient.

— Allô Pierre, Madeleine est là ?

— Elle ne rentre pas immédiatement. Quel dommage, j'avais à lui parler au sujet du vernissage que nous organisons ensemble et du choix de l'iconographie.

— Oh, vous avez dû mal comprendre, j'ai la voix cassée. J'ai dû prendre froid à la tournée du secours catholique d'hier soir. Je ne disais pas pornographie mais iconographie.

— Les photos ? Non, je n'ai pas eu le plaisir de les voir. Madeleine aurait posé pour Monsieur Nassan ? Je ne suis pas dans les confidences de cette cachottière. Je lui en glisserai un mot.

— Non, le photographe n'est pas ici, très cher.

— Je n'y manquerai pas. À très bientôt, répondit-elle en raccrochant. Alors, mon bébé, tu as fini ta potion. Tu es un gentil chien.

J'avais intérêt à la finir sinon tu l'aurais mélangée à la viande hachée, répondit Lolly qui s'étrangla en déglutissant la dernière goutte. Pour une fois que tu retournes chez Antoine, notre boucher attitré, je ne vais pas gaspiller une si bonne marchandise avec ce liquide infâme que tu as versé dans le lait. Chienne échaudée craint l'eau froide.

Pierre est soupçonneux, songea Dominique Pinota en reposant le combiné sur sa base. Madeleine, foi de Dominique et je le prouverai grâce au prochain shooting, cette émulation te perdra. Je vais te battre car à ce jeu-là, je suis la meilleure. Je possède des atouts dont je ne me suis pas encore servie.

Clopin-clopant.

Lolly se démenait à traîner son plâtre dans le couloir depuis la cuisine alors que sa maîtresse était en train de se servir un scotch dans le salon. La petite chihuahua était triste car son univers était chamboulé. De nouveau, elle n'était plus le centre des attentions de sa maîtresse.

Pourquoi les sentiments des humains fluctuent-Ils à longueur de journée ? se demanda Lolly en se hissant dans son couffin par ses propres moyens.

Aujourd'hui plus qu'hier, elle ressentit le besoin d'être câlinée comme autrefois.

XXXVIII

11 heures 55.

Dorman avait juste eu le temps de passer au commissariat et d'embarquer le lieutenant Duharec à bord de sa voiture.

— Décidément, aujourd'hui j'ai l'impression de courir après le temps comme tous ceux qui m'entourent. Avec le dégel, on dirait que les gens veulent rattraper les secondes perdues en trois jours.

— La trépidante vie parisienne déplacée à Troyes. Bon, vous me briefez, patron, ou nous continuons à philosopher sur l'horloge comportementale de l'être humain.

— « Horloge comportementale », dîtes-vous, drôle d'expression.

— Et pourquoi pas ? Alors, je suis tout ouïe.

La nouvelle fracassante apprise chez le notaire avait déplacé la suspicion sur une autre personne proche de la victime avec un mobile vieux comme le monde : l'appât du gain. Le commandant frétillait de joie sur le siège passager.

— Souvenez-vous de l'affaire du sud qui avait fait grand bruit il y a sept ou huit ans, Morgane. On en avait parlé dans les journaux et au « 20 heures ». Un viager sur une seule tête, une grand-mère qui tardait à mourir, des rentes payées depuis Mathusalem et pour finir un acheteur aux abois qui s'était déguisé en femme et l'avait empoisonnée. Je gagerai que notre homme s'est inspiré de ce scénario. Le contexte est similaire. C'est souvent dans l'entourage que nous dégotons les meilleurs suspects.

— Et il aurait trouvé une parade pour ne pas faire le sale boulot lui-même. C'est possible en définitive mais dans ce cas de figure il plaidera non coupable.

— Certainement, et c'est à nous de détecter la faille qui causera sa perte. Il y a toujours un grain de sable qui finit par coincer le mécanisme d'un crime parfait. Un tueur, aussi intelligent qu'il soit, ne peut prévoir l'imprévisible et là, nous intervenons, nous rendons hommage à Holmes et Watson.

— Et je suis Watson.

— Évidemment.

Anastasia Karsoukov consentit à introduire les deux D dans le cabinet du docteur Vandermeer bien qu'elle fût sur le point de partir. Elle avait déjà enfilé son manteau et prit son sac à main en bandoulière, pressée de quitter les lieux, seulement, fait qu'elle ignorait, le commandant n'écoutait que son flair, et aujourd'hui particulièrement. Il exigea qu'elle lui obéisse en demeurant en lieu et place. Elle fut contrainte de rester sous la surveillance du lieutenant Duharec. Ne sachant quelle contenance adoptée, elle vint se rasseoir derrière son bureau tout en restant habillée. Cette entrevue la rendait mal à l'aise. Elle appréhendait l'intrusion policière sur son lieu de travail. Elle culpabilisait avant de subir et dissimula ce sentiment d'être fautive en décidant de se fondre dans le décor. Elle fit mine de s'intéresser à l'agenda en biffant des noms pris au hasard dans les cases correspondant aux jours de la semaine précédente.

À son opposé, le psychiatre en pull-over cachemire à losanges beige et rose, écharpe en laine bleu ciel et pantalon velours marron foncé, arborait dans l'autre pièce une impassibilité audacieuse pour un homme soumis à la question par Dorman.

Oui. Il avait acheté en viager la maison de Madame Chamberline avec la conviction de lui avoir amélioré son quotidien.

Non. Il n'était pas pressé d'emménager dans cette bâtisse non entretenue depuis des lustres qu'il lui faudrait rénover de fond en comble, et sachant qu'il débourserait une somme rondelette, le plus tard serait le mieux.

Non. La cousine leur avait menti en évoquant la relation qu'elle entretenait avec sa tante puisque Madame Chamberline avait juré les grands dieux que cette garce, c'était le terme qu'elle avait employé, s'était emportée à l'annonce de la décision prise par la vieille dame lors de la vente en viager de sa maison. Madame Chamberline lui avait aussitôt téléphoné, lui avait parlé de ses craintes et lui avait confié qu'elle craignait désormais pour sa vie, du genre empoisonnement, et comme il était médecin, elle l'avait naturellement sollicité. Elle disait aussi qu'elle regrettait un peu tardivement de vivre dans une totale solitude, et réclamait la mansuétude de chacun. Elle regrettait de n'avoir pas su tisser des liens avec cette cousine éloignée, sa seule famille. Confronté à cette révélation, il n'avait pas su quelle action entreprendre. Il avait donc simplement veillé sur Madame feue Charlotte Chamberline en passant chez elle lorsqu'une consultation l'amenait dans le coin. Il écoutait d'une oreille distraite ce qu'elle lui racontait car c'était, selon lui, des boniments à faire pâlir les gens du quartier. Il regrettait de n'avoir pas su être plus attentif à ses lamentations, lui qui passait son temps à écouter les maux des autres dans son métier. Une maladresse de sa part. Peut-être que le drame aurait été évité en réagissant de façon appropriée.

Oui. Il était à son cabinet le jour du meurtre, et oui, il avait inscrit le Claude Bouveret à un protocole médicamenteux expérimental dont il débattrait les résultats au colloque du mois de février. Il avait bon espoir que la psychose de son patient se stabiliserait à défaut de guérison. Quant à l'absence de sa secrétaire au cabinet le jeudi 23 novembre, la mémoire flancha. Il s'excusa de son imprécision car, ajouta-t-il, il eut été fort grossier de regarder sa montre pendant un rendez-vous au risque de brusquer la personne allongée sur le divan. Si les confidences du consultant dépassaient l'horaire prévu, il prolongeait le temps imparti à la consultation. D'ailleurs, la clientèle ne lui en tenait pas rigueur puisqu'il agissait ainsi avec tous ses malades en toute intégrité. Il était donc dans l'impossibilité de confirmer les dires de sa secrétaire et sur ces belles paroles, il enjoignit au commandant de la questionner directement ce que Dorman s'empressa de faire.

Anastasia Karsoukov bafouilla en se trémoussant sur sa chaise, articula avec peine des phrases en totale inadéquation avec la requête policière. Elle espérait l'approbation de sa présence au cabinet par son patron qui détourna aussitôt le regard, refusant de croiser le sien. Elle affirma, faute de mieux, ne pas se souvenir au bout d'une semaine. Elle était dans l'impossibilité d'étoffer ses réponses.

Pas d'alibi, déduisit Morgane.

Dorman se pencha sur le semainier qui était resté ouvert à la page des jours qu'il souhaitait vérifier. Il éplucha les noms et les dates. Anastasia Karsoukov blêmit. Le jeudi 23 avait été un jour peu chargé dans l'après-midi ce que nota Dorman dans son cahier noir à spirales numéro 2. Il relut ses notes et s'aperçut qu'il n'avait pas inscrit les données personnelles de la secrétaire et s'empressa d'y remédier. Raison : à la date du lundi 27 novembre, le psychiatre les avait reçus seul révélant par cette constatation l'absentéisme de la soi-disant employée modèle.

Mauvais point pour la secrétaire, pensa Dorman.

Impuissants à conclure, les deux D durent prendre congé.

— Affaire complexe, déclara Morgane.

— L'illusion de la complexité, contra Dorman. Le mensonge est la vérité qui plaît le plus en ce bas monde. That is the question.

XXXIX

14 heures.

Lolly chuta. Elle atterrit les trois pattes dans la litière et celle avec le plâtre s'enfonça d'un bon centimètre de telle sorte qu'elle se trouva prise au piège dans le tas de graviers. Dominique Pinota l'avait lâchée d'un coup en entendant la sonnerie du téléphone.

— Ah, bonjour Yves, comment allez-vous depuis l'autre soir ?

Les gémissements émis par Lolly dans sa lutte à se mouvoir n'arrivaient pas à capter l'attention de sa maîtresse.

— Jouves vous a dit que j'étais malade mais ceci est sans importance, d'ailleurs je suis en voie de guérison. Ma voix s'est beaucoup améliorée avec les tisanes au miel et au citron. C'est gentil à vous de vous en inquiéter.

La chienne manifesta un profond désarroi à se retrouver enlisée en aboyant fortement, aboiements inutiles car Dominique Pinota ne l'écoutait pas.

— Je vous assure, mon cher Yves, qu'il est inutile que vous vous déplaciez jusqu'ici pour m'ausculter, à moins de venir prendre une collation dans l'après-midi.

— Mais bien sûr que je vous recevrai en toutes amitiés si vous passez.

Une odeur nauséabonde commença à se répandre dans l'appartement.

— En profiter pour voir les photographies qui seront exposées ? Vous me flattez, mon cher Yves. Effectivement, j'ai quelques clichés que Monsieur Nassan n'a pas emmenés chez l'encadreur. Je pourrais consentir à vous les montrer si vous êtes indulgent vis-à-vis du modèle.

Lolly était gênée. Elle n'avait pas réussi à se retenir plus longtemps. Elle avait déféqué.

— Oh ! Madeleine aurait aussi servi de modèle et vous me demandez si j'ai vu les visuels et je vous répondrai que non, je n'étais pas au courant. Je présume que je les découvrirai lors de l'accrochage et je doute qu'ils fussent aussi osés que ce Pierre vous en a dit. Il vous les a signalés comme étant des œuvres monstrueuses. L'époux fidèle serait-il jaloux ? Vous ne croyez pas ? Nous en discuterons tout à l'heure. Je dois vous laisser, j'ai peur que Lolly ait fait des bêtises. À tantôt, mon cher Yves, ce fut un plaisir de converser avec vous.

Dominique se précipita dans la cuisine.

— Lolly, tu aurais pu attendre que je finisse, rouspéta-t-elle envers la chihuahua.

Il ne faut pas m'obliger à faire mes besoins là-dedans et se plaindre ensuite des désagréments olfactifs qu'occasionne une petite crotte. Déjà que j'essaye de me dépêtrer de cet enlisement.

— Tu en as mis sur le plâtre. Il va falloir le détacher en évitant de le mouiller.

C'était un risque à prendre en se débrouillant toute seule. Si tu t'occupais de moi au lieu de papoter, cela ne serait pas arrivé. Je ne suis pas responsable.

— Beurk, c'est répugnant ! Je vais enfiler des gants.

Tu ne le réalisais pas lorsque je crottais et urinais dans le jardin privé de la résidence, celui réservé aux chiens, puisque c'était le jardinier qui s'occupait d'évacuer les excréments. Maintenant, c'est à toi qu'incombe de ramasser la chose. Tu as écouté le véto sénile, il n'y a plus qu'à assumer.

Après l'enlèvement des déjections de sa chienne adorée, Dominique s'empara de la bombe désodorisante des w.-c. et pulvérisa les senteurs florales dans toute la villa, puis elle s'évertua à nettoyer le plâtre souillé et finit par s'installer dans le canapé du salon, prit le livre qu'elle avait acheté à la rentrée littéraire de cette année et entama sa lecture, Lolly sur ses genoux. Ses doigts parcouraient machinalement la fourrure de la chienne en tournant les pages. Le chihuahua apprécia un tel dévouement à son égard. Elle avait la sensation d'avoir reconquis l'amour de sa maîtresse.

    Attendrissement canin.

XL

18 heures.

Salle VIP du commissariat troyen.

La brigade au complet écouta attentivement les résultats du médecin légiste. Ils furent très satisfaisants.

Sur son paperboard, Dorman put ajouter dans la colonne des indices deux constatations. Primo, la chronologie des dessins avait démontré une colère croissante chez le jeune Claude Bouveret. Secundo, fait particulièrement troublant, les gélules analysées prélevées dans les flacons en plastique marron foncé n'étaient que de vulgaires placebos alors que le liquide transparent était, quant à lui, de l'Haldol, un neuroleptique puissant.

Leblanc fut catégorique : l'arrêt de l'ingestion de l'halopéridol indispensable au schizophrène entraînait forcément un dérèglement de la lucidité, une perte des repères, une amorce délirante, en bref rien de logique dans la prescription du psychiatre Vandermeer. Il conclut son rapport en citant une phrase de Confucius : « l'expérience est une bougie qui n'éclaire que celui qui la tient, à vous de faire la lumière sur ce que je viens de vous dévoiler », à quoi Dorman répondit que le lendemain matin ils se pointeraient tous au cabinet du psy et l'embarquerait, prestement, avec la secrétaire en prime.

Le chef d'accusation condamnait toujours Claude Bouveret mais le commandant entrevoyait une envisageable manipulation par le psy, le tout étant de déterminer comment il s'y était pris.

En définitive, annonça-t-il en libérant ses collègues, cette journée a apporté son lot de rebondissements qui suivra un raisonnement logique en comparant les dépositions de nos deux prévenus au QG.

Cette logique effondra, en revanche, l'analyse préconisée par Mathieu qui quitta le commissariat froissé.

XLI

23 heures.

J'avance vers un gouffre dans lequel je vais sombrer, pensa Dominique Pinota en s'endormant avec Lolly à ses côtés. Y renoncer, en serais-je encore capable ? Je ne sais pas. J'ai la fâcheuse impression de survivre à chaque minute qu'y passe et chaque minute contient son lot de surprises. Ce Marc Nassan est une énigme. La séance effectuée dans la soirée fut un enchantement avec cet éphèbe. Nous étions splendides tous les deux. Lui, très élégant, tout de noir vêtu avec son long manteau, son pantalon et ses mocassins ; et moi, avec mes plus belles tenues : ma robe en guipure blanche, celle en bustier de soie avec son volant en tulle et mon ensemble jupe en coton grège avec ma blouse rebrodée de perles. J'ai bien senti l'attirance qu'avait ce jeune homme à peine sortie de la puberté pour une femme mûre. Je n'ai pas su y résister lorsque Marc nous a quittés volontairement dans l'unique but de nous permettre d'assouvir nos envies. Enfin, nous étions seuls. Je suis une pécheresse. J'ai trahi mon serment de ne plus succomber à l'appel du plaisir. Je suis la victime de mon propre corps qui commande ma volonté. Je me déteste. Je déteste ma faiblesse, ma capitulation devant l'emprise des sens mais il m'attirait comme un aimant. Tout m'attirait chez lui : ses muscles, ses fesses, son odeur, sa puissance et son inexpérience. Je rage contre cette extase qui se prolongea en orgasmes successifs. J'ai critiqué Madeleine, cette chère amie, et je ne vaux pas mieux qu'elle. Je suis une roulure, une traînée qui se vautre dans une félicité extatique et qui en redemande. J'enrage d'être ainsi au supplice de la soumission.

— Comment y remédier, ma petite Lolly ? Toi, tu n'as pas ce problème, le vétérinaire t'a stérilisée. Tu ne risques pas de t'intéresser au premier chien que tu croises dans la rue, mais en ce qui concerne ta maîtresse, c'est une autre histoire, ma Lolly. Elle a l'impression de retrouver sa jeunesse et sa virginité, ce qui n'est pas déplaisant mais je crains que cela ne me détruise à la longue, dit-elle, en attrapant le verre d'eau posé sur la table de nuit et la boîte de somnifères. Avale donc, Dominique, le faiseur de rêves, demain, ton esprit sera clairvoyant. Ne dit-on pas que la nuit porte conseil.

Vendredi 1ᵉʳ décembre

XLII

8 heures 30.

Morgane rejouait la scène du mercredi matin une nouvelle fois.

Conduite sportive dans la gadoue.

Le lieutenant Duharec écrasait la pédale de l'accélérateur afin de rattraper le retard de la brigade. Aucun doute sur la déduction de la veille, ce qu'elle avait nommé l'horloge comportementale de l'être humain estimant que le temps était une notion à l'interprétation incertaine suivant une logique propre à l'individu qui finissait toujours par clamer que le temps n'existait pas. L'adage avait raison, elle n'arrivait pas à comprendre pourquoi il y en avait toujours un qui lambinait dans les vestiaires alors qu'ils devaient se dépêcher. À trois, c'était encore gérable ; à quatre, cela tenait du miracle de partir à l'heure. Morgane incriminait souvent le boss qui remplissait ses poches de ses savoureux Comté sous cellophane jusqu'à ce qu'il eût atteint une quantité « anti-déprime » suffisante pour la journée. Pour preuve de ses dires, elle entendait la mastication du passager d'à côté en conduisant, preuve aussi que son flegme apparent était un leurre. Il mâchait son morceau de façon énergique en donnant des ordres, des ordres simples consistant à embarquer le psychiatre et sa secrétaire en vue de l'interrogatoire. Dans l'hypothèse de leur refus d'obtempérer, l'union faisant la force comme dit le proverbe, ensemble ils formeraient un bloc indestructible. Ils représentaient la loi et nul ne pouvait s'y déroger.

La jolie Anastasia Karsoukov frémit en comptant le nombre de policiers qui se trouvaient dans le couloir de l'étage lorsqu'elle ouvrit la porte. Elle refoula sa peur et s'écarta pour les laisser entrer. Dorman lui somma d'avertir le médecin que le commandant, présent à son cabinet, désirait lui parler avant son premier rendez-vous.

Dix minutes passèrent.

Karl Vandermeer se présenta en complet-veston gris clair.

Il s'est changé, pensa Morgane qui aimait se focaliser sur le détail. Il souhaite afficher un sérieux qui ne lui sied guère. Sa tenue est en totale contradiction avec ce qu'il porte quotidiennement et il croit que je n'ai pas remarqué l'écharpe bleu clair et la veste moutarde accrochées au perroquet jouxtant son fauteuil de ministre. Amateur, va !

Anastasia Karsoukov, en retrait dans un coin du bureau, écoutait d'une oreille attentive. Elle s'empourpra et devint aussi écarlate que sa robe pourpre lorsqu'elle entendit les explications bidon de son patron puis elle devint blême lorsqu'il commença à s'emmêler dans ses interprétations en affirmant la concupiscence de la cousine qu'il décrivit comme étant un rapace à l'affût du premier deuil au point de récupérer le moindre penny en tant qu'héritière, tableau qui contrastait énormément avec le jugement de Dorman.

La coloration de son teint varie avec l'éloquence de son boss, retint Morgane. Un vrai caméléon cette Karsoukov.

Le commandant était loin d'être un policier que l'on put duper aussi facilement. Il décréta que la mascarade avait assez duré et que le protagoniste continuerait ses palabres au commissariat.

Karl Vandermeer s'opposa avec véhémence à l'injonction en prétextant les rendez-vous du jour à honorer.

— C'est bien tenté, répondit Dorman. Votre secrétaire va décrocher le téléphone et annuler toutes les consultations de la semaine. Nous allons patiemment attendre qu'elle ait terminé.

Une demi-heure s'écoula au cours de laquelle la voix laconique d'Anastasia Karsoukov répéta le même message. Quand elle eut fini, Dorman exigea la présence de celle-ci au commissariat.

— Juste une formalité pour confirmer votre emploi du temps par écrit de ce jeudi 23 novembre, dit-il d'une voix rassurante.

À dix heures, les deux lieutenants interrogèrent la secrétaire dans une pièce avec fenêtres sur rue tandis que le commandant apprenait, dans une autre salle sans ouverture vers l'extérieur hormis la porte, en quoi consistait un protocole d'essais médicamenteux de la bouche du médecin suspecté de meurtre avec préméditation.

Dorman notait quasiment mot pour mot ce que lui racontait Karl Vandermeer afin que son ami Leblanc lui traduisît en langage civilisé l'élocution absconse. Il supputa le psychiatre d'en rajouter comme il l'avait déjà fait au sujet du traitement de Claude Bouveret. C'était certainement sa façon à lui de montrer sa supériorité vis-à-vis du simple mortel, et aujourd'hui, l'enjeu était de taille, le médecin fournissait un semblant d'alibi en étant mort de trouille. Dorman le voyait aux perles de sueur pointant à la lisière de ses cheveux. Ce fut à cet instant précis que le commandant prit la décision de l'aviser de sa garde à vue. Il était onze heures quarante et cela faisait cent minutes exactement qu'il écrivait sous la dictée, le cirque avait assez duré. Dorman pria le brigadier Piot de l'accompagner jusqu'à la cellule numéro 3.

Piot a une drôle de tête depuis ce matin, songea Dorman. Il avait déjà ce front soucieux à son arrivée. L'angoisse de l'examen ? Il faudra que j'en parle à Morgane ce soir.

Dans l'autre pièce, les deux lieutenants ne brillaient pas en prouesses. Ils n'arrivaient pas à faire craquer Anastasia Karsoukov. Elle restait imperturbable sur l'inconfortable chaise en bois, répétant systématiquement son amnésie du jeudi comme si elle avait appris par cœur cette excuse facile. Il n'y avait rien à faire. Elle soutenait mordicus qu'elle ne se souvenait pas de cette journée qui, pourtant, s'était déroulée la semaine dernière. Ils prirent la décision de suivre la procédure de leur patron et signifièrent la garde à vue pour un complément d'informations à la jolie secrétaire qui perdit aussitôt contenance. La démarche de la belle employée n'était plus aussi avenante lorsqu'elle entra dans la cellule numéro un.

— Jambon beurre et eau plate pour nos invités, annonça Dorman sur un ton moqueur. Attendons qu'il y en ait un qui flanche ce qui va nous permettre de nous avancer sur nos affaires en cours moins urgentes. Pianissimo. Crescendo. Agitato.

De l'italien, maintenant, pensa Mathieu. Après la période anglaise, il ne manquerait plus qu'il nous la fasse à l'italienne. Il perd la boule le boss. Il doit se décider à jeter l'éponge et à profiter d'une retraite anticipée. Le jour J approche et je reconnais que l'entraînement régulier au stand de tir a amélioré mes performances. Je suis au top. Je peux le remplacer aisément.

XLIII

16 heures 30.

La journée s'était déroulée paisiblement.

Le matin : musique classique, repas et pauses pipi pour Lolly.

L'après-midi : lecture.

Dominique Pinota s'était assoupie en lisant dans le canapé. Elle sursauta à la vue du garçon qui se tenait devant elle. Ce réveil brutal la déstabilisa, le livre tomba par terre, la chienne montra les crocs.

Il restait planté au milieu du salon, immobile, à la scruter, coiffé d'une casquette en tissu jaune fluorescent qu'il portait de travers tel un loubard, les mains dans les poches de sa veste de jogging, pas très grand et fluet, flottant dans un jean déchiré à la mode, découvrant les genoux, portant des baskets sales. Il paraissait avoir entre 18 et 25 ans.

Elle prit conscience de sa vulnérabilité. Une faible femme contre deux hommes forts.

— J'ai remarqué que vous aimiez la jeunesse, cria Marc Nassan. J'exauce vos désirs. Je vous présente Tino, le prénom suffira. Votre position est enviable comparée à celle de Madeleine. Je vous gâte, ma chère. Venez donc dans la chambre vous habillez. J'ai choisi pour vous.

Dominique Pinota se leva, déposa précautionneusement la chienne dans son couffin et se dirigea vers sa chambre. Le docile Tino la suivit. Elle suffoqua d'indignation en entrant dans la pièce. Maître des lieux, Marc Nassan avait exhibé sa lingerie sur le lit. Elle ne put retenir le courroux qui grondait en elle. Elle explosa face à lui.

— Vous n'êtes plus celui d'avant, celui de la rencontre, celui qui me fascinait avec son air mystérieux. À présent, vous êtes un putain de profiteur. Vous piétinez ma sollicitude avec vos chaussures de marque Weston en cuir souple que je vous ai payées. Vous vous pavanez parmi des gens qui vous ignoraient il y a peu de temps et qui vous assimilaient à un cafard polluant nos rues. Vous déambulez en empestant l'hypocrisie au milieu de mon cercle d'amis. Vous m'avez attirée par de fausses espérances. Tout en vous transpire le piège qu'élabore votre esprit tortueux. J'ai été trompée avec votre prétendu amour, bafouée par vos envies égoïstes. Je suis la reine des abusées au royaume des idiots. Si vous croyez que cela me fascine encore d'être votre jouet, vous vous fourvoyez. Vous me dégoûtez. Vous êtes un être abject. Je ne me soumettrai pas à vos caprices de photographe amateur.

La gifle partit avec une telle violence qu'elle vit des éclairs devant ses yeux zébrer le plafond. Elle eut la sensation que sa tête avait tourné à 180° comme une chouette. Une deuxième, beaucoup plus violente, s'abattit sur sa joue en réponse à la première. C'était le Tino qui la lui avait donnée. Puis ce fut le poing. Sa lèvre éclata sous le choc. Elle reconnut le goût ferreux du sang dans sa bouche, son propre sang s'écoulant de la blessure en un filet, suivant une ride vers le menton, maculant le col de son chemisier blanc en crêpe de chine. La vue du sang décupla la frénésie du jeune à s'acharner sur la femme offerte à son agressivité. Les gifles suivantes la déséquilibrèrent. Les lunettes volèrent en lui griffant l'arête du nez. Elle tomba sur le lit à plat ventre. Il se jeta sur elle et lui déchira le chemisier. Un bouton nacré sauta et atterrit sur la moquette. Nassan en profita pour shooter cette scène imprévue qui donnerait du piquant à son exposition en présentant les images retouchées sur fond de décor préhistorique. Il tenait les titres : l'amour néandertalien à l'aube du vingtième siècle, le retour aux sources, les profondeurs abyssales du non-moi, dans l'alcôve de la grotte. Il idéalisait les œuvres qu'il présenterait à un public de connaisseurs.

Ivre d'une fureur grandissante, le jeune écarta les lambeaux de tissu, arracha le soutien-gorge, et mordit un mamelon à pleines dents. Dominique Pinota cria de douleur. Elle se débattit en vain. Le voyou qui la violentait était plus fort qu'elle, la lutte était de force inégale. Elle paniqua. Son cœur tapait dans sa poitrine tel un métronome, scandant les coups reçus. Elle avait mal. Elle se protégea le visage avec ses bras.

— Sers-toi de ce que j'ai amené, suggéra Marc Nassan.

— Il faut qu'elle se tienne tranquille, cette conne. Comment veux-tu que j'y arrive seul ? Tu n'as qu'à venir m'aider.

Marc Nassan s'exécuta. Il posa son appareil photographique sur la coiffeuse. Il s'approcha d'elle. Un instant, elle crut qu'il venait la sauver des griffes du monstre. Son cerveau intégra la connivence lorsqu'ils entreprirent de la déshabiller ensemble. Exhibant sa nudité, ils l'attachèrent tant bien que mal au montant du lit en fer, le visage tourné vers la couche. Au bruit perçu derrière elle, Dominique Pinota reconnut aussitôt le bruit métallique du sac lâché dans l'ascenseur. Elle se démena en tirant sur ses liens. Le jeune Tino sortit un fouet du sac plastique qu'avait apporté Marc Nassan. Les lanières flagellèrent son dos, marquant de zébrures violacées la peau tavelée de grains de beauté. Il fouaillait sans relâche. Elle souffrit tellement qu'elle manqua défaillir. D'autres coups cinglèrent ses côtes. Tino bandait. À chaque fois qu'il levait son poignet, sa jouissance augmentait. Son sexe réclamait de la violence, sa verge se tendait avec l'agression donnée, il aimait cette sensation animale. Il voulut aller plus loin dans la bestialité. Il la détacha. Impuissante à se défendre, il la tira vers lui, descendit la braguette de son jean et sortit son sexe gonflé. Il forniqua dans son cul jusqu'à ce qu'il se décidât à utiliser un des jouets du sac. Il prenait un malin plaisir à la sodomiser avec toutes sortes de gadgets que Marc Nassan avait achetés. Lorsqu'il se lassa du jeu, il la retourna et la prit aussi brutalement qu'il l'avait sodomisée.

Dominique Pinota ressemblait maintenant à une vieille poupée de chiffon désarticulée. Elle avait perdu la notion du temps. Elle en arrivait à espérer que son ami, Yves Leplot qui lui faisait la cour et qu'elle avait évincé, reportât sa visite de l'après-midi. Elle avait trop honte, trop mal, elle voulait mourir et cet homme continuait à la pénétrer. Elle entendit le rire de Tino proche de son oreille droite. Elle ne le vit pas. Il ne parlait pas. Il riait de la savoir à sa merci.

Il rit comme il crache, pour se soulager et m'insulter, pensa-t-elle. J'ai accueilli à bras ouverts ce SDF, ce maudit photographe. J'ai admis sa présence sur mon territoire et j'en paye le prix. J'aurai dû écouter Manuel et Yasmina, ne jamais se fier aux apparences, elles sont trompeuses. Je dois arrêter l'escalade coûte que coûte avant que ce maudit Marc Nassan ne m'achève. S'éloigner ne servira à rien. L'exil est illusoire. La fin résidera dans une solution radicale. Je vais anéantir cette vermine.

La souffrance endurée eut raison de la lutte.

Le trousseau de clés.

Elle s'évanouit.

Le rire de Tino se changea en un râle de jouissance. Il éjacula à l'intérieur de son ventre. Il essuya sa verge sur ses joues, ses paupières, ses lèvres, dans un état jubilatoire. Elle ne sentit pas le sperme sur son visage.

XLIV

18 heures.

Anastasia Karsoukov et Karl Vandermeer refusèrent d'engager un avocat. Sans s'être concertés au préalable, ils avaient opté pour une défense similaire : clamer leur innocence.

Les policiers de la brigade criminelle furent retors. Ils les abandonnèrent à leur couchette de béton et à leur couverture rêche pour la nuit. Ils rentrèrent chez eux.

Dorman avait une phrase précise dans ce genre de situation : the more haste, the less speed, plus on se hâte, moins on avance.

XLV

21 heures.

Yasmina Nasri ne s'illusionna pas et commença à servir les repas avec l'aide de Manuel Schmitt, Dominique Pinota n'étant pas là et ne les ayant point prévenus. Ce n'était pas dans ses habitudes mais, en ce moment, elle n'était pas dans son état normal. Yasmina Nasri l'excusa auprès du responsable de l'association, redoubla d'énergie et assuma courageusement la distribution des repas. Elle était loin d'imaginer que sa collègue bénévole gisait dans son appartement, battue et sanguinolente avec Lolly léchant ses plaies ; loin de concevoir que son amie ne répondît ni à l'interphone ni au téléphone lorsque le médecin Yves Leplot avait voulu la joindre ; loin de se figurer une seule seconde qu'elle fût dans les vapes et qu'elle ne reprendrait connaissance qu'à la fin de la tournée. Elle se promit de téléphoner à Jennifer aux aurores le lendemain. Elle lui communiquerait certainement des solutions faisant suite à sa demande formulée auprès frère policier.

Samedi 2 décembre

XLVI

8 heures.

— Alors ? Comment réagissent-ils ? questionna Dorman au gardien de la paix qui finissait sa garde de nuit.

— Ils déjeunent d'un café.

— C'est tout ? Pas de crise de nerfs ?

— Non, mon commandant.

— Ils sont coriaces. On ne va pas leur donner la possibilité de faire un brin de toilette. On les laisse dans leur crasse, ils s'effondreront peut-être.

Dorman s'attendait à ce qu'ils parlassent après voir passer une nuit en cellule.

Une cellule n'est pas un hôtel, marmonna-t-il en se dirigeant vers son bureau. Des murs gris. Une odeur de pisse. De quoi paniquer après une nuit blanche.

Il était si près du but. Son légendaire flair ne le trompait jamais. Il serait aussi patient qu'eux. Il rebroussa chemin. Il partit acheter des croissants pour son équipe et un beignet aux pommes pour lui. La boulangerie était à deux pâtés de maisons. Il aimait marcher en réfléchissant et, ce matin, il devait évaluer les chances à obtenir des aveux. Il commencerait par la secrétaire dont la carapace devrait être ébranlée selon ses pronostics. En la poussant dans ses retranchements et lui-même muni d'arguments imparables, il l'amènerait à dévoiler la vérité.

Brouhaha.

Bouche pleine dans la salle VIP du commissariat.

Dorman décida d'inverser les rôles. Mathieu cuisinerait le psychiatre pendant que Morgane se renseignerait sur la secrétaire. Quant à lui, il s'occuperait de cette dernière pendant que Piot irait voir le docteur Kardaskian à l'hôpital avec les clichés pris des deux prévenus. La dernière bouchée avalée, ils foncèrent vers leurs salles respectives et le brigadier fila récupérer les clés d'une voiture de fonction.

Dorman reçut une Anastasia Karsoukov aux traits tirés, aux yeux gonflés, à la belle chevelure blonde emmêlée et à la robe chiffonnée. Assise en face du commandant, elle se recroquevilla sur elle-même comme une bête apeurée. Il sentit la faiblesse de la femme.

La nuit a été difficile, pensa Dorman. Faciès révélateur d'insomnie. J'ai mes chances.

La secrétaire s'efforça de répondre aux questions sans trahir son émotion. Elle récita d'une voix monocorde la foutaise de la veille ce que stoppa net le commandant dès la première syllabe. Il ne tenait pas à réentendre les sempiternelles élucubrations retranscrites dans le procès-verbal établi par Morgane et lui suggéra de lui dire la vérité à propos des prescriptions du médecin.

— Je n'ai pas connaissance des médicaments donnés par le docteur Vandermeer. C'est lui qui prescrit et rédige les ordonnances. Et au sujet du reste, je vous assure qu'il est le seul à détenir dans son placard les produits à l'essai. Mon rôle consiste seulement à fournir la feuille de soins dûment remplie à la fin de la consultation. Sachez que je n'ai pas le droit de le déranger pendant qu'il consulte. L'entretien est confidentiel, secret médical.

— Et ses notes, il vous les dicte ?

— Il tape le compte rendu sur son ordinateur. Il n'utilise pas de dictaphone si c'est ce à quoi vous pensiez, répondit-elle en adoptant une attitude primesautière.

La sonnerie du téléphone interrompit l'interrogatoire. Mathieu communiqua à Dorman les déclarations du psychiatre.

— Ce n'est pas l'avis de votre patron qui s'est empressé d'annoncer à mon collègue que vous étiez parfaitement au courant des traitements de ses patients et de leurs pathologies puisqu'en tendant la feuille de soins vous incluez l'ordonnance.

Anastasia Karsoukov pencha la tête, courba le dos sous l'accusation et encaissa la délation tout en réfléchissant. Elle pesait le pour et le contre. Continuer à nier lui serait-il néfaste ? Elle n'avait jamais été confrontée à la justice. Novice en la matière, elle n'en connaissait pas les rouages.

Le téléphone sonna de nouveau. Piot avisa son chef que Claude Bouveret avait désigné la personne comme étant une gentille dame qui le promenait parfois en ville. Il aimait les balades en voiture qu'il faisait avec elle avant de rentrer à la maison. Elle l'avait emmené à la campagne. Non, il ne s'était pas promené avec le docteur.

Dorman soutint le regard interrogatif d'Anastasia Karsoukov, prêchant une hypothétique certitude afin de la déstabiliser.

— Claude Bouveret vient de vous désigner comme étant la personne qui l'a accompagné chez Madame Chamberline.

— C'est faux, contesta-t-elle. Sa voix grimpa dans l'octave. Vous ne pouvez pas croire un malade mental qui déraisonne.

— Do not build castles in the air.

— Quoi ?

— Traduction : arrêtez de me prendre pour un imbécile, Madame Karsoukov. Vous niez l'affirmation d'un malade mental qui vous a reconnu et affirme que vous l'avez baladé dans une voiture grise ou verte, et pas qu'une fois. Il a montré sur la table roulante de l'hôpital la pomme qu'il avait eue au repas hier soir en tant qu'exemple, un joli vert.

— Cela ne peut pas être moi, je suis toujours au cabinet la journée, fidèle à mon poste, répondit-elle prise au dépourvu. Le docteur peut solliciter mon aide à chaque instant. Nous ne sommes pas à l'abri d'une crise au cabinet et je dois l'aider à maîtriser le forcené lorsque cela arrive.

— Et vous êtes tellement dévouée à votre patron que vous répondez aux appels téléphoniques de ce dernier même le dimanche. Nous avons les relevés téléphoniques. Ce n'est plus du dévouement, c'est du sacerdoce, ironisa Dorman.

— Croyez ce que vous voulez, rétorqua-t-elle sur la défensive.

Le téléphone sonna de nouveau. Le commandant usait les nerfs des deux détenus par ce stratagème qui semblait très efficace.

— Le docteur Vandermeer a émis l'hypothèse que vous aviez organisé le meurtre de Madame Chamberline à seule fin de voir votre rêve se réaliser, à savoir : officialiser votre liaison et habiter dans une spacieuse demeure au lieu de votre minuscule studio. Ce sont les mots qu'il vient de révéler à mon collègue dans l'autre salle. Vous saviez qu'il avait acheté la maison en viager, c'est un mobile suffisant.

— Il profère des mensonges éhontés dans l'unique but d'être innocenté, s'emporta-t-elle. Je ne vais pas trinquer à sa place. C'est lui qui en avait marre de payer la rente de la vieille. C'était son idée de la tuer, pas la mienne. Il m'a demandé de conduire plusieurs fois le jeune Bouveret chez elle afin qu'il puisse mémoriser l'endroit. Je ne savais pas ce qu'il manigançait. C'est lui qui m'a demandé de louer une voiture d'un modèle différent du mien en dehors du département. Je suis allée jusqu'à Fontainebleau par l'autoroute pour la récupérer mercredi matin et je l'ai rendue vendredi. Je me rendais bien compte que sa demande était louche, c'est pourquoi j'ai préféré cacher mon visage avec de grosses lunettes de soleil. Je reconnais qu'en plein hiver, ce déguisement était ridicule. Il nous a manipulés, le jeune Bouveret et moi. Nous sommes les victimes de ce criminel.

— Criminel ou pas, vous êtes complice, Madame Karsoukov, et ce sera au juge de déterminer votre degré d'implication dans cet odieux meurtre.

— Et comment j'aurais pu deviner qu'il voulait trucider la vieille ? Je ne sais même pas comment il a procédé.

— À vous de me le raconter. Les voix, peut-être, Madame Karsoukov ?

— Quelles voix ?

— Les voix qui se sont incrustées dans le cerveau de Claude Bouveret.

— Un schizophrène en crise a des hallucinations auditives, tout le monde sait ça.

— Le brigadier Piot a saisi un magnétophone dans un des placards du cabinet, celui, justement, qui contient les médicaments correspondant aux protocoles en cours dont vous parliez tout à l'heure. Pure coïncidence. Mon collègue a écouté la bande. Des phrases sont répétées inlassablement. Nous avons aussi copié une vidéo qui se trouvait sur l'ordinateur. Elle vient d'être expertisée. Nous y avons trouvé des images subliminales de Madame Chamberline, de sa demeure et d'étranglement. Images subliminales plus répétitions vocales de mots égalent influence néfaste sur un cerveau fragile. Privé de son traitement, le jeune Claude Bouveret a été un jouet entre vos mains, et je vous inclus dans la préméditation. Il a été votre arme de substitution : un instrument humain. Le juge statuera.

Dorman décrocha son combiné.

Fin de l'histoire.

Il alla manger son comté dans la petite cuisine VIP et en profita pour jeter la feuille du paperboard sur laquelle il avait tracé ses colonnes au feutre. Piot le rejoignit avec cette inquiétude persistante qui creusait ses traits. Encouragé par son supérieur, il évoqua ce qui le préoccupait. Dorman s'étrangla avec le morceau de fromage, toussa et réussit à l'avaler. Piot composa le numéro de téléphone de sa sœur.

Répondeur.

Sueurs froides.

Dorman attendit, impuissant.

XLVII

10 heures.

Assise dans la cuisine, Dominique Pinota déglutissait difficilement sa tasse de café quand le bruit de la clé dans la serrure la cloua sur place. Elle s'efforça à se mettre debout. Elle ferait front.

Marc Nassan la chercha en premier dans les chambres et le boudoir, puis elle entendit ses pas dans le couloir. Une veste tomba de tout son poids sur le carrelage.

Elle avisa rapidement.

Elle se munit du couteau qui était en train de sécher sur l'égouttoir. Il était petit mais sa lame était aiguisée comme un rasoir. Elle le tint fermement dans sa main droite ; dans la gauche, elle serra la tasse de café encore chaude.

Elle regarda par la fenêtre d'un air absent.

Lorsqu'elle sentit la présence de Marc Nassan dans son dos, elle fit volte-face. Elle décela le conquérant dans ses manières. Il portait juste une chemise à manches longues noire, prêt à imiter un coq dans une basse-cour. Avant qu'il n'avançât vers elle, elle lui jeta son café à la figure Aveuglé, il n'eut pas le temps d'esquiver le coup de couteau qu'elle lui planta dans le ventre. Il se mit à hurler. Elle redoubla d'ardeur, s'acharnant sur lui, ne se contrôlant plus, puisant sa force dans la répulsion qu'il provoquait en elle. La lame pénétra plusieurs fois, s'enfonçant au hasard dans l'abdomen. Il lui demanda d'arrêter. Il la traita de folle. Elle poussa un « non » rauque sorti de ses entrailles, un « non » jaillissant de son larynx, dégueulant le mot jusqu'à s'en étouffer, crachant la haine accumulée en 24 heures ; la haine envers cet homme qu'elle avait sorti du ruisseau où il se trouvait ; la haine éprouvée par les humiliations ; la haine pour avoir été dupée par ce monstre qui pleurait comme un gosse maintenant.

Marc Nassan était affaibli par les blessures causées par l'arme blanche. Elle en profita pour lui cogner la tête contre le frigidaire. Elle voulait l'assommer et lui porter le coup de grâce. Il glissa mollement comme un fruit trop mûr dégoulinant. Elle souleva un pan de sa chemise et visa le cœur. Elle appuya des deux mains et laissa le couteau planté dans le corps. Il gisait dans une mare de sang. Elle alla se resservir une tasse de café et rejoignit Lolly qui tremblait de peur dans son couffin.

— C'est fini ma Lolly, dit-elle en soulevant la chienne. Plus jamais un homme nous fera du mal, je te le promets. Je ne serais plus la chose possédée qu'on malmène au gré des humeurs et des fantasmes sexuels.

Lorsque Dorman et Piot poussèrent la porte de la villa sur le toit, plus d'une heure s'était écoulée depuis le drame. Alertés par les voisins du dessous, des voisins paniqués par les cris entendus et calfeutrés chez eux, ils avaient su de quoi il retournait avant même d'avoir franchi le seuil de l'immeuble.

Dominique Pinota était toujours sur le canapé, la chemise de nuit maculée de rouge. Elle tenait Lolly dans ses bras et la caressait tendrement.

— Il me flouait sans vergogne, tu sais, Lolly. Il m'écrasait tel un rocher en granit trop lourd, trop gris, trop sombre. Je ne supportais plus la douleur. C'est tombé sur moi par hasard, seulement le hasard, il ne faut pas le provoquer. J'ai ouvert la porte à l'insu du dessein des dieux. Par mon acte, j'ai mis fin à l'engrenage, j'ai rompu le cercle infernal.

Dominique Pinota ne les voyait pas. Ils étaient transparents.

— Appelez Leblanc pour le corps, Piot, et le Samu pour elle. C'est une véritable boucherie dans la cuisine. J'ai rarement vu ça. La quantité d'hémoglobine nous indique la violence du combat.

— J'ai retrouvé la sérénité à travers la délivrance. Je renais aujourd'hui, mon bébé. Je peux enfin regarder le soleil se lever sans appréhender l'heure suivante. C'était un prédateur. Il voulait le pouvoir, le sexe et l'argent, continua-t-elle sans bouger. C'est fini, Lolly. C'est fini, mon bébé.

Dominique Pinota continuait à s'adresser à sa chienne. Le commandant et le brigadier n'écoutaient plus.

— Si seulement je vous avais parlé hier, patron. Le drame aurait été évité.

— Pas sûr. Question de timing. Retenez une chose de cette leçon, Piot, c'est que n'importe qui peut perdre le contrôle de soi, à n'importe quel moment, pourvu que les circonstances soient réunies.

Fin